無人島のふたり

120日以上生きなくちゃ日記

山本文緒 著

新潮社版

11952

目次

無人島のふたり

120日以上生きなくちゃ日記

２０２１年４月、私は突然膵臓（すいぞう）がんと診断され、そのとき既にステージは４ｂだった。治療法はなく、抗がん剤で進行を遅らせることしか手立てはなかった。

昔と違って副作用は軽くなっていると聞いて臨んだ抗がん剤治療は地獄だった。がんで死ぬより先に抗がん剤で死んでしまうと思ったほどだ。医師やカウンセラー、そして夫と話し合い、私は緩和ケアへ進むことを決めた。

そんな２０２１年、５月からの日記です。

第一章

5月24日〜6月21日

5月24日（月）

本当は夫と東京へ出掛ける予定があったのだが、昨夜からひどい下痢をしてしまい今朝も回復せずぐったりで、夫だけで行ってもらうことになった。

夫は私が借りていたワンルームを引き払うための下見で駒込（こまごめ）へ。大事な物だけをピックアップしてあとは業者にお金を払って捨ててもらうことになった。できることなら自分で全部後始末したかったのだが、できないものはできなくてつらい。

相談してそういうことにしたのに、親切な夫は何度もゴミステーションまで往復して相当物を捨ててくれた模様。そして失（な）くしたと思っていた貸金庫のキーも見つけてくれた。

その後夫は築地の国立がんセンターまで、私のセカンドオピニオン用の資料を提出に行ってくれた。

私はその間、ごろごろが収まらないお腹を抱えて寝そべっていて、普段鳴らない固定電話が何度も鳴ったが出なかった。

あとで留守番電話のメッセージを聞いてみると、①在宅医療をお願いしたクリニックの方、②NHKの経理の方から問い合わせ、③長年通っている心療内科の先生から「心配しています」とのメッセージ、④Wi-Fiのセールス、だった。

それとは別に、長年使っていた電子レンジが壊れた。

5月25日（火）

突然髪が抜け始めた。

朝起きてパジャマを脱ぐと裸の背中に何か触るような感触があって振り向くと床に大量の毛が落ちていた。指でひっぱると束になって抜けて青くなった。昔見た

「太陽を盗んだ男」という映画で被曝したジュリーの髪がごそっと抜けていたシーンが頭を過る。洗面所へ走り、ブラシで梳かすと引くほど抜けた。

抗がん剤は一度しかやっていないし、それも3週間ほど前に終わっていたので脱毛はもうしないものだと思っていたのでショックが大きかった。

夫を呼んで伝えようとしたら、言葉より先に涙が出てしまった。床に抜け落ちる大量の髪を見て事態を察した夫は、「大丈夫だよ、大丈夫」と自分に言い聞かせるように呟きながらも、もらい泣きをしていた。

髪は引っ張れば引っ張るほどいくらでも抜けて、洗面所に座り込んで狂ったように髪を抜いた。その間、夫は私の寝室の床に掃除機をかけ、毛だらけになったシーツも洗濯してくれた。

しかし人間の頭には驚くほど髪が生えていて、いくら抜いても傍目にはまだどこも脱毛しているようには見えない。頭皮が痛くなって呆然としているうちに、そうだ、まだ自分の髪があるうちに外を歩きたいと思いつき、夫に頼んで車で少し行ったところにあるカフェに連れて行ってもらった。

そのカフェはまあまあ山の中にあり、店に上がる階段で思った以上に足がふらふらして、自分が衰えてきているのがわかった。もしかしたら近いうちにここにも来られなくなるんだなと実感する。帽子の隙間(すきま)から抜けた髪がどんどん肩に落ちて、それを夫が払ってくれた。

帰りに電器店で新しい電子レンジを買った。

明日は緩和ケアをやってくれるクリニックへ初診に行く。

ちょっと前までは重病患者は大きな病院の主治医の先生に頼り切りの印象だったけれど、今は様々な相談先があるようで有り難い。うまく死ねますように。

5月26日（水）

まぶしいくらい日差しが強く、空が青い日。

家からそう遠くないところにある、小さな医院へ初診に行く。

まだ開院して2年たっていないそのAクリニックは、訪問介護やお子さんの治療、緩和ケアなどを請け負っているそうだ。

私がそれまで通院していた、地域で一番大きながん診療連携拠点病院であるＢ医療センターのカウンセラーの方が紹介して下さった。Ｂ医療センターでも緩和ケアが受けられないわけではないが、私はできれば入院したまま最期を迎えるのを避けたい気持ちが大きくて、それには在宅医療を受けるのがいいだろうと思ったのだ。

クリニックを訪ねてみると、そこはまったく病院らしさがない、別荘のような建物だった。大きい台所と吹き抜けと、小さい部屋がいくつかあってどの部屋も床でごろごろできそうな居心地の良さがあった。壁は白くて、大きな窓の外は新緑がきれいで、裏の林に置いた椅子でスタッフの方々が打ち合わせをしているのが見えた。

私と夫は庭に面した部屋に通されて、女性スタッフと向き合った。おふたりともお医者さんらしい（名刺を下さるわけでもないのではっきりはしなかった）が、まったくの普段着だ。

みんなニコニコと世間話をしてから、女性スタッフＯさんが「ではこれまでのことを聞かせて頂いていいですか」と柔らかく言った。

Ｂ医療センターから紹介状というか病状と一通りのあらましを書いたものがこちらに届いているのは知っていたので、私の口から私の言葉で話していいんだな、と思った。

「ええと、そもそも」と私は言った。

最初は胃が変だと思ったんです。去年（2020年）の終わりくらいに緊張する仕事があって（テレビ出演）、それで胃をやられたと思って自分でガスター10を買って飲んで、一時的によくなったように感じていました。

でも年が明けるとまた痛みと胸やけが続くようになって、ちょうど人間ドックを予約していたので、その際に問診で不調を伝えたところ、近いうちに胃カメラをやったほうがいいと言われました。痛みは継続的ではあるものの、激しいものではなかったので、とりあえず人間ドックの詳細結果が出るのを待つことにしました。

2月の頭、その結果が郵送で送られてきて「イレウス疑い」と書いてあるのを見て青くなり、すぐに家の近所にあるC総合病院へ駆け込みました。

その病院でまずは造影剤入りCTで腸を検査したところ問題なさそうだとわかり、腫瘍（しゅよう）マーカーも心配なさそうで、そのあと胃カメラを飲みました。そこで慢性胃炎だろうと診断が下り、なんだ胃炎かと私はほっとしました。胃炎の薬を飲んで様子を見ようということになりました。それが３月上旬です。

服薬して食事に気を付けていれば治るだろうと気楽に考えていたのですが、痛みはあまりよくならず、徐々に背中のほうまで痛むような気がしてきました。夜中に痛みで目が覚めるようなこともあって、次の予約を待たずにＣ病院へかかったところ、医師は首を傾(かし)げるばかりでした。それまでより強い胃薬を出してもらって飲み始めましたが改善は見られなくて、その１週間後、痛みで一睡もできなかった朝、夫に頼んで急患としてＣ病院へ連れて行ってもらいました。

そこで再度血液検査をしたところ、Ｃ病院の医師が急患用のベッドで点滴されている私のところへ走ってきて「γ(ガンマ)が！」と言いました。私のγ－ＧＴＰが１０００を超えていると聞いて私も耳を疑いました。急遽(きゅうきょ)ＭＲＩを撮り、その画像を見ながら、どうやら胆管が詰まっている、胆石かもしれないし違うかもしれない、どちらにせようちでは処置できないので、Ｂ医療センターへ行ってくださいと言われました。

幸いその日の午後遅くにＢ医療センターの予約が取れて、体はつらかったけれど、やっと大きい病院で診てもらえることに安堵(あんど)しました。

そこからはどんどん検査は進みました。検査入院をし、まず黄疸が出ないよう電子内視鏡で詰まりつつある胆管にパイプを入れ（その時に生検）、エコー、造影剤入りCT、PET検査を受け、あれよあれよという間に膵臓がん、ステージ4という診断を受けました。

腫瘍の位置が悪いことで手術はできず、転移していなければ放射線治療も考えられたそうなのですが既に転移もあり、残された道は抗がん剤しかありませんでした。しかし抗がん剤でもがんが治るわけではなく進行を遅らせるだけだということでした。

そんなことを急に言われても、というのが正直な気持ちでした。

私は毎年きちんと人間ドックを受けてきたし、煙草とお酒は13年前にやめて一度も飲んでいないし、食生活だってそう無茶をしたものだとは思いません。

膵臓がんってそんなに見つからないものなの？

私だけではなく夫も呆然としていました。告知を受けた日、本当にどうしたらいいのかふたりで途方に暮れました。

でもどうしようもこうしようも、抗がん剤をやるなら一日でも早いほうがいいだろうということになり、私は慌てて医療用ウィッグを作りに行きました。作った翌々日にはもう第一回目の抗がん剤でした。

やるしかないと勇んで挑んだ抗がん剤だったのに、私はけちょんけちょんにやられました。もう二度と体に抗がん剤を入れないと決意を固めただけのつらい一週間でした。

化学療法をしないということを決めると、もうＢ医療センターでやることはありませんでした。緩和ケアをお願いすると、Ｂ医療センターから「うちはあまり得意分野ではないので、地域のクリニックと併診されるのもひとつの方法です」と教えて頂き、今日ここにきました。

そして私は今まであえて聞いてこなかった余命のことをＢ医療センターの主治医、Ｋ先生に質問しました。化学療法をするのであれば予後の時間もあやふやでしょうが、しないとなればある程度ははっきりしているはずです。Ｋ先生は「これはあくまでデータ上の話です」と前置きをして、私の予後は半年だと教えてくれました。ちなみに抗がん剤が効いたとしても９か月だそうです。

私の長い話を、Aクリニックの O 先生は遮らずに聞いて下さった。

そして1時間余り、今後のことなどあれこれと相談させて頂いた。私は家族以外の方とこんなに病気のことをフラットに話せたのは初めてだったし、夫も自分の気持ちを口に出したのは初めてだったと思う。

よかった。本当によかった。私はクリニックの方々に助けてもらうだけではなくて、私の経験が、彼らや彼らがこれから出会う患者さんの役に少しでも立ちますようにと思った。私、うまく死ねそうです。

5年前にやはりがんで亡くなった父にも、こんな医療を受けさせてあげたかった。父は病院が嫌いで、入院するのが嫌でいつもぎりぎりまで我慢して結局救急車で運ばれていた。往診してくれるお医者さんを頼もうと言っても、大きな病院から離れるのは恐いと言って聞いてくれなかった。

あまりにほっとして、帰り道カフェに寄ってカレーライスを食べた。半分も食べられないのだけど、久しぶりに食べたカレーは強烈に美味しかった。

５月27日（木）

　昨日クリニックで自分の感情を口に出して話したせいか、そのあと感情が溢れ出してしまった。

〝できればもう一度、自分の本が出版されるのが見たい〟

　そう思ったら止まらなくなった。

　実は今年、もともと短編集を出版する予定があって、それは昔、文芸誌やアンソロジーに書いたものをまとめ、それに新作の短編を一本追加して出そうというものだった。

　だがその新作がなかなかできなくて、進行が遅れに遅れていた。去年出した『自転しながら公転する』という長編が予想外に部数を伸ばして、パブリシティが長引いていたのもあって、今年に入ってからやっと本腰を入れて新作短編を書き始めていたのだが、体調を崩したりでなかなか進んでいなかった。

　そして病気が発覚して、自分の残り時間を聞き、四分の三ほど書いていたものを読み返してみて、これは遺作にするにはあまりにも出来が悪いと判断した。でももう書き直す時間はない。

実は抗がん剤を打ったあたりから、私はめまいがひどくてスマホもパソコンも見るのが苦痛で、仕事メールの送受信すべてを元担当編集者だった夫に代わってもらっている。

その夫に「進行を遅らせてもらっていた上に新作も入れずに本にしてほしい、しかもできるだけ急いで出してほしい、なんてわがままが簡単に通じるとは思ってないのだけど、余命が残り少ないことを版元に正直に話して頼むことはできないだろうか」と泣きながら相談した。

それを聞いた夫はすぐに版元へ電話をしてくれ、古い付き合いのHさんに話をしてくれた。私も電話に出て、スマホを持ったまま何度も頭を下げた。Hさんはとても驚いて、そして涙声で、全力でやらせて頂きますと承諾してくださった。

こんなひどいわがままを聞いて下さって本当にありがとうございます。

編集の方だけではなく、校正やデザインの方や様々な方にご迷惑をおかけすることになると思います。

ごめんなさい。ありがとうございます。

5月28日（金）

朝から夫が東京へ出掛けて、久しぶりに家でひとりになる。とてもいい天気で、庭に出ただけで素晴らしく美しい景色と暑くも寒くもない快適な空気に包まれる。

ゴールデンウイークのあとの新緑の軽井沢は本当に綺麗だ。

今日は痛みも吐き気もなく体が軽くて、掃除と片付けをした。髪が抜け続けていることを除けば、自分が病気なのが信じられないくらい。

昼過ぎに夫から電話。

今日も夫は私が東京に借りていたワンルームの片付けに行ってくれている。

軽井沢に家を建てたあとも夫はまだ東京の会社に勤めていたので、その間はずっと私と夫と共同で買ったマンションがあったのだが、夫が退職したタイミングでそのマンションを売り、私は自分用にワンルームを借りたのだ。

それは私の大きな夢の実現だった。家があって家族がいて(夫だけだが)、なのにシェルターみたいな小さな部屋を借りるなんてなんという贅沢(ぜいたく)! きっと反感を買うだろうと思って、あまり大っぴらにはその話をしないようにしていた。

2017年の年末、駒込駅から徒歩7分ほどの場所にある大きな公園に面したその部屋を借りて、東京で予定がある時はもちろん、折に触れてその部屋に泊まった。そこを拠点にして、東京のあちこちや遠くにも旅行へ行った。

軽井沢の家をちょうど大リフォームしたので、その間は半年ほど続けて滞在していた。小さいキッチンで料理をして、ワンルームに収まるくらいの最低限の荷物で、東京一人暮らしを満喫した。もう一度言うが、なんという贅沢……。

しかし自分で見つけて自分好みに隅から隅まで設(しつら)えた部屋を、自分で片付けて解約できない日がくるとは思っていなかった。

夫がスマホでワンルームにある荷物を写真で送ってくれて「これは要る、これは要らない」と選んだ。私が要ると仕分けした物を、夫が段ボールとスーツケースに入れて送ってくれることになっている。

要る、と返事をしながらも、本当は要らないんだけどなと思わないわけでもなかった。ベトナムで買った花瓶とか、清水焼の茶碗(ちゃわん)とか、冬のコートとか、本当は不要なのかもしれないけれど、要らないとは言えなかった。

５月29日（土）

朝から強い吐き気がして寝込む。

昨日はあんなに元気だったのになんでだろうなんでだろうとぐるぐる考えて、やがてステージ４の膵臓がんでそんな元気なわけないじゃんとひとり呟きちょっと笑った。

寝たまま『きのう何食べた？』の最新刊を読んだ。

5月30日（日）

引き続き朝から倦怠感と吐き気。熱が37・7度。

午後になって38・5度まで上がり、悩んだ末に在宅医療のAクリニックに電話をして来てもらうことに。365日24時間いつでも来て下さる契約をしているので遠慮をすることはないと思いつつも、やはりいざとなるとこれしきのことでと遠慮心が発動してしまう。

採血してもらう。結果は明日。

まったく食欲なく、フルーツゼリーしか食べられず。

5月31日（月）

熱もだいぶ下がり、朝、トーストが食べられた。

今日もAクリニックの方に来て頂く。血液検査では特に心配ないとのこと。

痛み止めは効くものが見つかり、吐き気止めもいろいろ試してみているのだが、なかなか自分に合ったものが見つけられずつらい。

吐き気がするとスマホを見るのがきつく、今日は一度もスマホに触らなかった。病気になるまで軽いスマホ中毒だったことが嘘のよう。

明日何としてでも東京へ出掛けたい用事があるのだが行けるだろうか。

６月１日（火）

昨日までの不調が嘘のように元気に目覚める（抗生剤が効いた模様）。

今日は東京築地の国立がん研究センターにセカンドオピニオンを聞きに行く一大イベントである。

ここ数日の体調不良で私が出かけられなかった場合、夫と私の兄のふたりで行くつもりだったそうだが、私は這ってでも行くつもりでいた。自分の目で見て自分の耳で聞かなくては納得がいかない。

ウィッグをつけて久しぶりに新幹線に乗った。空は晴れ渡って、マスクをして東京駅に降り立つと暑いくらいだった。

結果的にセカンドオピニオンは、ほとんどB医療センターの主治医の所見と同じだった。ほとんどというかほぼほぼ同じ。知らない種類の抗がん剤をひとつ聞いたくらいだった。

私の膵臓がんはスティーブ・ジョブズがかかったような特殊なものではなくて、ごく平凡なものだった。なので標準治療も複雑なものではなくごくシンプル。

セカンドオピニオンの医師はすごく頭の切れそうな方だった。説明が上手で感じが良く、我々の反応をよく見ていた。そして私本人がまだ迷っているのを察して、道筋を見つけて、選択肢を明確にしてくれ、押しつけがましくなく誘導してくれた。

そしてB医療センターの先生と違った点は、余命の時間だった。その先生は私の予後を4か月、化学療法を行って効いたとしても9か月と言った。

初めて直接医者から私の症状を聞いた兄は、やはりショックを受けているようだった。ショックを受けつつも、がんセンター前の広大な築地市場跡を指さして、ここはワクチンの大規模接種会場になるんだよと教えてくれた。

帰りの新幹線のホームで、それまであまり言われたことにピンときていなかったのが、「4か月ってたった120日じゃん」と唐突に実感が湧いて涙が止まらなくなった。

2006年に軽井沢にマンションを買ってから、数えきれないほど何度も東京駅と軽井沢駅を新幹線で往復した。それも本当にこれで最後なのかと思うと残念でたまらなかった。

しかし泣きながらも、『120日後に死ぬフミオ』って本を出したらパクリとか言われるかなとも考えた。

帰宅してシャワーを浴びる気もせず、パジャマに着替えてベッドに入った。もうすぐ死ぬとわかっていても、読みかけの本の続きが気になって読んだ。

金原ひとみさんの『アンソーシャル ディスタンス』、死ぬことを忘れるほど面白い。

6月2日（水）

痛みも吐き気もない爽(さわ)やかな朝。

昨日の疲れが出て寝込むのではと恐れていたが大丈夫そうだ。

夏に出せることになった単行本のゲラ作業に取り掛かる。

夕方、風呂(ふろ)に入る。いつぶりかわからないくらい久しぶりの入浴で、つい長く入りすぎてのぼせてぐったりしてしまう。

のぼせたのに寒気がして、また熱が出るのではと恐くなり、ダウンベストを着こんでベッドに入る。

夜中に手洗いに起きると、夫がリビングでいびきをかいて居眠りをしていたので起こそうとしたが、少し考えてそのままにした。この人がいま「もうすぐ妻が死ぬこと」から解放されるのは寝ているときだけだと思ったからだ。

夫が可哀想(かわいそう)でつらい。なんとかしてあげたいけれど何もできない。

6月3日（木）

熱は出ずほっとする。

短編集のゲラを淡々とやった。静かな一日。

6月4日（金）

大雨のせいか病気のせいか、ずっしりした倦怠感で寝込む。

ベッドの中でゲラ読み。

夫が押入れを整理して、大量の古いＶＨＳのビデオを処分してくれた。昔出たテレビ番組なんかも結構あったが、まったく見る気がしない。

食欲がないのと空腹なのは別で、空腹のあまりめまいがしてきたので、無理してでも何か食べなくちゃと思って起きだした。

夫がうざくを作ってくれて、それがすごく美味しかった。あとご飯を茶碗に三分の一くらい。

あんなに痩(や)せたいと思っていたのに、今は日一日と体重が落ちている。

6月5日（土）

昨日に引き続き吐き気が収まらず、夫がAクリニックに連絡してくれて別の吐き気止めを処方してもらった。

それを飲んでベッドの中でゲラ読み。

何もせずに寝ているほうがいいのはわかっているが、少しでも早くゲラを上げなくては単行本の発売をこの目で見ることができない気がして焦(あせ)っている。

そして昨日と同じように、食べなくちゃと悲壮な覚悟を心にもって食べ物を口に入れた。それでも元気なときの四分の一くらいしか食べられない。

何も考えたくない。

過去のことも未来のことにも目を向けず、昨日今日明日くらいのことしか考えなければだいぶ楽になれるのにと思いつつ、気が付くと過去の楽しかったことや、それを失う未来のことで頭の中がいっぱいになって苦しくなっている。

今だけを見つめるという技は、宗教を極めた高僧のような人にしか出来ないことなのかもしれないと思う。あとすごい職人さんとかは無意識にできそう。

６月６日（日）

寝ても寝ても眠い。

お昼前に一度起きたが、倦怠感半端なく午後もまた寝る。

夜になって少しマシになり、起き上がって夕食。

食後、夫と録画してあった「アメトーーク！」を見る。

アッハッハと笑って全部見終わったら気持ちが無防備になったのか「あー、体だるい。これいつ治るんだろう」と思ってしまい、「あ、そういえばもう治らないんだった。悪くなる一方で終わるんだった」と気が付いてだーっと泣いてしまった。

私の人生は充実したいい人生だった。

58歳没はちょっと早いけど、短い生涯だったというわけではない。

私の体力や生まれ持った能力のことを考えたら、ものすごくよくやったほうだと思う。20代で作家になって、この歳まで何とか食べてきたなんてすごすぎる。

今の夫との生活は楽しいことばかりで本当に幸せだった。お互いを尊重し合っていい関係だったと思う。

どんなにいい人生でも悪い人生でも、人は等しく死ぬ。それが早いか遅いかだけで一人残らず誰にでも終わりがやってくる。

その終わりを、私は過不足ない医療を受け、人に恵まれ、お金の心配もなく迎えることができる。

だから今は安らかな気持ちだ……、余命を宣告されたら、そういう気持ちになるのかと思っていたが、それは違った。

死にたくない、なんでもするから助けてください、とジタバタするというのとは違うけれど、何もかも達観したアルカイックスマイルなんて浮かべることはできない。

そんな簡単に割り切れるかボケ！　と神様に言いたい気持ちがする。

6月7日（月）

昨日よりはだいぶ体調が良かったので、単行本のゲラ読み作業をみっちりやる。

夜、夫と藤井風の武道館ライブのブルーレイを見た。藤井風、なんというカッコよさ。生で見たかったなー。

6月8日（火）

夫が東京へ行き、私が借りていたワンルームに業者を呼び、冷蔵庫や洗濯機、台所から洗面所の小物まで全部廃棄してもらった。

食品が残っていたせいで、ちょっと高くついてしまったが仕方ない。食品さえ処分できないくらい急な出来事だったのだ。

空っぽになった部屋の写真を夫に送ってもらう。すっかり入居前の部屋に戻った写真を見て、借りたときのワクワクした気持ちを思い出した。

本当は今年、何もなければこの部屋からもう少し広い部屋に引っ越そうと計画して、部屋を探していたのだ。『自転しながら公転する』が私の予想より遥（はる）かに売れて貯金が増えたので、65歳くらいまで東京での時間を増やして、仕事（と遊び）にもうちょっと力を入れようと考えていた。その時はこんなことになるだなんてかけらも思っていなかった。


夫のいない時間、頑張ってゲラ作業を完成させた。

発売は8月末か9月頭になりそうだ。

それを見るまではこの世にいたいけれど、どうなるのだろう。

6月9日（水）

夫の妹Tちゃんが関西からわざわざお見舞いに来てくれた。

母と兄以外の見舞いをまだ受けていなかったので、前日から私はすごく硬くなっていたし、きっとTちゃんも緊張していたと思う。

だって、余命4か月でもう出来る治療のない人にかける言葉って、難しすぎる質問だ。私だったらなんて言ったらいいかわからないと思う。

Tちゃんは玄関を入ってきて、まず私をハグしてくれた。なるほどハグか！　と心の中で膝(ひざ)を打つ私。

そしていつもの笑顔を見せてくれた。Tちゃんはがんが発覚する前の胃痛だと思っていた頃から電話で私の体調不良の話を聞いて心配してくれていた。でもこの日は病気の話はそれほどせず、もちろんお別れの挨拶めいたことも言わなかった。あとで聞いたことだけれど、今日はなるべく楽しい話ばかりしようとしてくれたそうだ。

2時間くらい話して、Tちゃんは夫と食事に出かけた。私はもう外食は難しいので留守番だったが、何よりも今回は、Tちゃんが夫の話を聞いてくれることが私には一番助かる、というか嬉しいことだった。

夫はたぶん自分の友人知人のほとんど誰にも私の病状について話しておらず、きっと心に溜まっていることがいっぱいあるはずだった。自分の妻が余命4か月でもう出来る治療もないと聞かされたら夫の友達、困ると思うので。

突然20フィート超えの大波に襲われ、ふたりで無人島に流されてしまったような、世の中の流れから離れてしまったような我々も、これから少しずつ無人島に親しい人を招待してお別れの挨拶を（心の中で）しようと思っている。

そして思うのは、この文章のこと。

私はこんな日記を書く意味があるんだろうか、とふと思う。

こんな、余命4か月でもう出来る治療もないという救いのないテキストを誰も読みたくないのではないだろうか。

これ、『120日後に死ぬフミオ』のタイトルで、ツイッターやブログにリアルタイムで更新したりするほうがバズったのではないか。

でもそれは望んでいることからはずいぶん遠い。そんなことだから作家としてイマイチなのかもしれない。

だったら何も書き残したりせず、潔(いさぎよ)くこの世を去ればいいのに、ノートにボールペンでちまちま書いてしまうあたりが何というか承認欲求を捨てきれない小者感がある。

　せめてこれを書くことをお別れの挨拶として許して下さい。

6月10日（木）

大変に具合が良い。

今の私の生活の質を落とす三大要素「痛み」「吐き気」「発熱」のどれもないので、とても心穏やか。

食欲はあいかわらずあまりないが、体重の低下が下げ止まるくらいには食べられている。

病前はここまでではなかったのだが、とにかく果物が美味しく感じる。特にスイカ。スイカなんて以前はひと夏に一度か二度しか食べなかったのに、今は毎日のようにスイカを食べている。あとビワ、みかん、グレープフルーツ。

果物の他にはシャーベットとアイスクリーム。ハーゲンダッツなんて以前はカロリーを気にしてたまーにしか食べなかったけれど、今は食べたい放題。

今日は平和に終わりそう、と思っていたら、夜、夫が喉の痛みを訴え、38度の発熱を起こした。とにかく健康でほとんど稀にしか寝込まない夫の発熱にびっくりし、慌ててカロナールを飲ませ寝かしつける。

まさかコロナ、とぞっとする。

いま夫に倒れられたら私はひとりで暮らしていけるのだろうか。というか、何かで夫が私より先に亡くなったら、私はホスピスを探して入るしかないのかもしれない。

6月11日（金）

翌朝夫の熱はあっさりと下がって、体調もけろりと回復していた。よかったー。一安心。

医療用ウィッグを作った店へ、カツラの調整と自毛のカットに行く。私は一度しか抗がん剤を打っていないせいか髪の抜け方もやや半端で落ち武者みたいになってしまった（中心は抜け、周りはぐるっと残る）ので、残った髪を全部カットし揃（そろ）えてもらった。

髪がなく地肌が異様に白いので、ちょっとこれだけで人に会う勇気は湧かないという状態。せめてベリーショートというか、モンチッチくらいの量まで早く増えるといいのだが。

医療用ウィッグは、ネットで検索していろいろ迷った末に、大手のかつらメーカーで高いものを作った。

ウィッグそのものよりも、大手で作ると店に個室の美容室がついていて、抗がん剤で抜けた髪について研修を受けている美容師さんに髪を整えてもらうのが何度か無料で出来ていいと思ったからだ。

懇意にしている美容師さんがいらっしゃる方は、ウィッグも安くていいものがあるようなので、それもいいと思います。

私にも長年髪を切ってくれていた方がいたのだが、東京だし、個室じゃなかったし、それは断念した。

それに病気の時は、お金を払うから詳しい人に優しくされたい、というのが本音だ。

その大手のお店では、ウィッグを作ったとき髪のことだけではなくて、抗がん剤の症状の対処法なんかもいろいろ教えてくださり、とても嬉しかった。

６月12日（土）

午前中、税理士さんに送る税務資料の作り方を、夫に教えた。これからは夫が税理士さんとやりとりをすることになる。あと数か月で私はこの世という職場を去るのでその引継ぎだ。

午後、ずっと庭に埋葬しようと思って機会を逃していた、４年前に死んだ飼い猫さくらのお骨を埋めることにした。

ただ埋めるのも何なので、何か木を植えようと相談していたのだが、その木の種類と場所も何となく決まらず延ばし延ばしになっていた。

しかしもう私の時間も残り少ないので実現させなければと夫は思ったのか、庭木を扱っている店や造園会社に連絡をしてくれた。ところが、いま軽井沢はコロナ禍による大建築ブームで、造園会社もどこも大忙しで断られてしまう。そこで、ホームページもないような地元の造園会社まで夫は行ってくれて、今日なら空いていると言われ急遽納骨することになった。

本当はジューンベリーという木を植えようと相談していたのだが、ジューンベリーはどこも売り切れで、錦木（にしきぎ）という木になった。

職人さんがいらして、ささっと穴を掘って、ささっとさくらのお骨を入れて、木を植えていってくれた。

夫とふたり、お線香をあげて手を合わせた。

この猫の納骨のこと、私は実は結構驚いていた。

というのは、今この段階で猫のお骨を埋めて、そこに新しく木を植えて、しかもその木を「さくちんの木」と名付けている夫を見て、この人は私がいなくなったあともここに住む気なんだと知ったからだ。

もし夫が病気で、私が看取（みと）る立場だったらそうはしなかったと思う。とても気に入っていて住みやすい家だし愛着があるのは同じだけれど、私はもし夫が亡くなったら、夫の思い出がない場所へ引っ越すだろうなと思う。そうでなければ生きていけない気がする。当たり前だが夫と私は違う人間なんだなと実感した。

私のことも「さくちんの木」の下に埋めてくれたらいいよ、という冗談は思い浮かんだがさすがに言えなかった。

6月13日（日）

すごく体調が良い。

なんだ、これ？　本当に私、もうすぐ死ぬの？

私と夫の間に4月のがん宣告から漂っていた緊迫感が最近少し薄れている気がする。セカンドオピニオンでダメ押しをされたはずなのに、我々の間に根拠のない「何かの間違いなのでは」という空気が浮かび上がっている気がする。

いや、でもそれは錯覚だと私はわかっていて、あまり不謹慎すぎる冗談なので口にはしないが、私にはお腹の中にエイリアンの子供がいることを、どうしたって忘れることはできない。

昔々見た「エイリアン」という映画で、エイリアンの攻撃をひとまずかわした宇宙船の乗組員たちが和やかに夕飯を食べているシーンで、急に苦しみだして倒れた男性の腹を破って出てきて「キーッ」と鳴いて走って逃げていったエイリアンの赤ちゃん。あのシーンが怖すぎて今でも頭にこびりついている（ちなみに映画を見たのはそれ一度きり）。あれが私のお腹にもいるのだ。そして刻一刻と育っている。

痛みも吐き気も今は強い薬で抑えられているが、時々隙を縫ってちりちりっと背中が痛んだりすると私はひとりで映画のことを思い出して青くなっている。

6月14日（月）

夫が用事で出かけたので、家でひとり、ずっと懸案事項だった手書きの遺言状を書いた。

大丈夫だと思っていても、自分がいなくなったあとに家族がお金のことで揉めることがあったら悲しいので。

父が亡くなった時、父は「仲良く分けなさい」なんて曖昧なことしか言い残さなかった。なので話してみたら、兄と私で微妙に意見の相違があって相続がスムーズに進まない局面があった。なんとかなったからいいようなものの、財産があろうがなかろうが遺言状は書こうとその時から決めていた。

しかし、なるべく簡素に書いたのに、間違えたらいけないと思うといろいろ勉強したりでどっと疲れた。

6月15日（火）

ここのところ無気力が入ってきている。

何かすると言ってもそれはほとんどがこの世に別れを告げるための断捨離だし（服を捨てたり本を捨てたり）楽しい作業とはあまり言えない。

夫とふたりで楽しみに見始めたテレビドラマ「大豆田とわ子と三人の元夫」も録画をためてしまって、今日久しぶりに見た。

実は私、かごめが死んでしまった回からこのドラマに乗れなくなってしまったのだ。あの回を見て、なんだか自分に引き寄せて考えてしまって、私の中では生き残って友人や知人のケアをするのは必ずや私、と思い込んでいたのが、白日の下にさらされた感があった。

突然死ぬのは私じゃない。私は、友人知人、夫や家族、全部看取って最後に死ぬのだろうと思っていた。なんという傲慢(ごうまん)だったのか。

それとは別に、「大豆田」、後半の油っぽさが胃に受け付けないなーと思っていたら、素直な夫はだーだー泣いていた。

とわ子、全然孤独じゃない。何かあったら親身になってくれる元夫が三人もいて、母親思いの娘もいるじゃん。

(ドラマ自体はお洒落(しゃれ)で面白かったです)

(私個人の感想です)

6月16日(水)

目が覚めたらお昼でびっくり。

薬のせいもあるだろうけれど、それにしても毎日11時間以上寝ている（多分それはいいことなんだと思う）。

　あまりに寝足りたので夫と車で20分くらいのところにあるフラワーショップ併設のカフェへ行く。

　そこは我々の一番のお気に入りのカフェで、東京の駅ビルによく入っているおしゃれな花屋をもっとセンス良くしたようなお店だ。値段はその半分くらいで素晴らしいフラワーショップカフェなのだ。

　店は広く席と席の間が離れ、たとえ満席になったとしても密からは程遠い。テラス席から見える新緑は昨日の雨のせいもあって南の島の緑みたいに雫が滴っている。

　そんな素晴らしいカフェで私は夫に「葬儀のことはどんなふうに考えているの？」と恐る恐る聞いた。

　案の定涙ぐむ夫。

　私自身は葬式は残された者のためにあるものだと思っていて、だから夫が望むようにしてくれるのがいいと思っているんだけど一応名簿とかの準備もしておきたいから……ごめんね、一回しか聞かないから、と謝りながら聞いた。

夫はそのあたりの話に一番弱く、もちろん大人なので考えていないわけではないが私とそういう話をするのが苦痛なのだと思う。

でも夫は今考えていることを話してくれたのでよかった。私もそうしてくれるなら安心だと思えた。

花をいっぱい買って家に戻った。死んだ後にもらっても見ることはできないから生きているうちにたくさん花を愛(め)でたい。

6月17日（木）

穏やかに晴れた静かな一日。

テラスに座って夫は「文藝春秋」、私は「週刊文春」をだらだら読んで過ごした。

6月18日（金）

約1か月ぶりにB医療センターへの通院日。

ここのところずっと元気なので主治医のK先生に「髪が抜けたりセカンドオピニオンで余命4か月と言われたりもしましたが、私は元気です！」と（心の中で）言いながら元気な私の姿を見てもらおうと思っていたのに、何故(なぜ)か今朝は吐き気がしてどよんとした気分。

40分かかる車での移動でさらに車酔いをしてしまって、夫に心配され待合室ではなく急患用のベッドで横になって診察を待つことになった。

悲しい。

でもK先生は今日たまたま具合が良くなかっただけだと分かってくれたようで、いつもより穏やかな様子である、と言うか化学療法をやらないのであればもう特にやる治療もなく、温かく見守ってくれているという感じがした。

カウンセラーのIさんも顔を出してくれた。Iさんはこの病院のがん相談支援センターの方で、治療のことやセカンドオピニオンのこと、緩和ケアのことなどたくさん相談に乗って下さったし、具体的に助けても下さった。

父が数年前に亡くなった時も地元のがんセンターにそういう窓口があったはずなのに、活用しなかったことが本当に悔やまれる。

Iさんが、私の『自転しながら公転する』が病院の図書室のイチオシコーナーに置かれていると教えてくれて見に行ったら、とても大きなボードとポップを立てて紹介して下さっていて感激する。別にK先生やIさんが推薦したというわけではなくたまたまらしい。図書室の方、ありがとうございます！

6月19日（土）

昨日に引き続き体調低迷。

微熱も続く。

体調が良くないと、当たり前だが悪いことばかり考えめそめそしてしまう。

6月20日（日）

体調が回復してきた気がする。お昼に夫が豚キムチを作ってくれて美味しく食べた。

もう私は買い物にもいかないし食事も作らない（朝自分のパンを焼くくらいはたまにする）。

今や台所も冷蔵庫も完全に夫の管轄下だ。

ちょっと前までこの軽井沢の家には私がほとんど一人で暮らしていて、週末夫がやってくるという生活だった。

だから冷蔵庫の中身の管理もほぼ私がやっていた。それが今では主導権が完全に夫へ移った。

私は小さな子供のように食事やおやつに何が出てくるのか知らない状態でぼーっと座っている。この前久しぶりにパンケーキを作ってくれて「わーい」とこんがり焼けたお皿のパンケーキにバターを塗ってメイプルシロップをかけて口に入れると

「ん?」となった。何かが違う、私が知っているホットケーキミックスの味じゃない……と思い、粉の袋を見るとおからパンケーキのもとだった。おからパンケーキなんて私が最も買わないものである。露骨にがっかりした顔をしてしまった。

私が最後に一人で車で買い出しに行ったのは、カレンダーを見たら3月30日で、その後は強い痛み止めを飲み始めたので運転していない。買い物はたまに夫について行って自分の食べたいものを少し買うだけになった。ちなみに一人で出かけたのは4月25日が最後である。

夫は私に気を使って「一人になりたくなったら言ってね」とは言ってくれるが、自分でも自分の気持ちがわからない。

一人で仕事をすること、一人で物を考えること、一人でのんびりすること、一人で街を歩き、一人で店に入ること、一人で旅に出ること。長年当たり前に一人で行動してきたけれどそのことはあっという間に遠くなってしまった。

今は夫がいてくれないと生活が立ち行かない状態である。

……とここまで日記を書いて寝ようとしたあとのこと。

何の予兆もなく私は生まれてから一番の寒気の発作に襲われ布団の中で痙攣するように震え、慌てた夫が訪問医療をお願いしているクリニックに電話をし、慌てふためきやってきたクリニックの方もこれはもう救急搬送でしょう、と一一九番に電話をする事態となった。

急変とはまさにこのこと。奥歯をガチガチ鳴らしながら、エヴァンゲリオンのフォントで「容態急変！」「救急搬送！」と私の頭の中を文字が横切っていくのを見ていた。

私の寝室に私、夫、クリニックの方2名、救急隊員の方3名の計7名が集合し完全に密である。

私の体温は30分の間に39度まで爆上がりし、吐き気も頂点に達して私以外の6名の大人達が固唾を飲んで見守る中ケロケロケロと嘔吐してしまった。

誰もう「様子を見ましょう」なんて悠長なことを言う人はいなかった。私はあっさり救急車に乗せられB医療センターへの道を普段の半分ぐらいの時間で送り届けられたのであった。

多分救急入口に着いたのが0時過ぎだったと思う。

6月21日（月）

長い一日が始まった。

深夜に高熱で運び込まれた私は検査に次ぐ検査で一睡も眠らせてもらえなかった。

そして夫はER前の待合室で何の情報も教えてもらえず4時間待たされた。

早朝に主治医のK先生が駆けつけてきてくれて私の入院と今後の処置が決まった。

へろへろの夫がタクシーで一旦家に帰ろうとしたところ、コロナで24時間対応をしてくれるタクシー会社がなく、駅のそばのコンビニで始発を待って帰ったそうである。そして家に戻ってすぐ、置いてきてしまった私の薬を取って車で病院に向かい、帰ろうとした時に私の内視鏡の手術が朝9時から始まることになって、そのまま夫は手術に立ち会った。私だけでなく夫も倒れてもおかしくない状態だった。

私はとにかくずっと高熱が下がらずうんうん唸っているしかできることはなかっ

た。

そしてこの予想外の数日の入院は今までの入院とは全く違う大きいダメージを与えてきたのだった。

振り返るとたった3泊4日の入院だったけれど受けた痛手は桁違いだった。肉体的にも精神的にもこの入院にはコテンパンにやられた。

第二章

6月28日～8月26日

6月28日（月）

少しずつ私の終活の事務処理を夫とやっている。

昨日は私の銀行口座や、各種ログインIDやらパスワードやらの申し送りをした。

今日は私がいなくなった後の葬儀（近親者のみ）とお別れ会（それ以外の方々）の名簿を作った。

先週の入院まで、我々は余命のことを主治医とセカンドオピニオンの医師にもはっきり言われていたにもかかわらず、どこかでまだ先のことと甘く考えていたと知った。

でも先週の容態急変で、私も夫もXデーがいつ来てもおかしくないのだと身に染みて知った。

もう私も夫も前ほどは泣かないし喚(わめ)かない。

6月29日（火）

S社の担当編集Sさんが、わざわざPCR検査まで受けてお見舞いに来てくださった。

Sさんは昨年『自転しながら公転する』を作ってくれた方。本当に長い付き合いでいろんな局面をSさんとふたりで乗り越えてきた。

夫の妹のTちゃんの時も思ったけれど、私に会いにくるのはさぞ緊張しただろうと思う。なんと言葉をかけていいかわからないだろうし。勇気を出して会いに来てくださって本当に嬉(うれ)しい。

そしてSさんと私は『自転しながら公転する』の最初の担当編集者ユカさんを途中で病気で亡(な)くしているのだ。私まで本当にごめんなさいと正直なところ思う。

でも今日はSさんと私と夫でなるべく楽しい話をした。夫もかつては文芸の世界にいたので、いろんな人の罪のない噂話(うわさばなし)やコロナやワクチンの話をした。

私と夫のふたりきりの無人島に外から人が漂着して風の便りを教えてくれる楽しさよ。

この日記を手書きで書いていることをSさんに打ち明けた。

活字にしてほしい気持ちがある反面、こんなの誰が読むのだろう、誰かが読んで面白いって思う？　と自分でもまだ懐疑的で、何だかあやふやなことを言ってしまった。Sさんはテキストにしてくれると言ってくださったが、できれば直しながら打ちたい。でもパソコンに向かう体力が不安ではある。

Sさんとは30分くらいのつもりが楽しくて2時間くらいおしゃべりしてしまった。

6月の終わりに食べるとお祓(はら)いになると言う「水無月(みなづき)」という和菓子を一緒に食べた。

また会いましょう、夏のうちに会いましょうね、絶対に会いましょうと言って別れた。

駅で別れた途端に目の前が歪(ゆが)んだ。

6月30日（水）

昨日Sさんが帰った途端に発熱してしまい、今日は大事を取ってほとんどベッドで一日を過ごした。

入院だけはもう本当に嫌なので慎重にしている。医師や看護師さんがいくら親切に接して下さっても、私にとって病院というのは少しずつ尊厳を削られるような場所だ。

特に今はコロナ禍で面会も禁止なので完全に孤立無援にされてしまう。

夏の終わりに出る新刊『ばにらさま』の再校が来たので見る。疑問点だけなので30分ぐらいで終わる。

だいぶ食欲が戻ってきて落ちていた体重も持ち直してきた。

余命を宣告された時、もうこれで勉強のための読書をしないでいいのだと思ったことは事実で、実際に家にあった未読本をたくさん手放した。

次の長編で、今の日本の中にいる無国籍の女性の話を書こうと思っていたので戸籍の本をだいぶ集めた。戸籍がなくても力強く生きている人もいるし、戸籍でがんじがらめになって生きている人もいる、そういう対比や彼らの未来を書きたかった。

でももう書けないので誰か書いてくださってＯＫです。

そしてその次の本は『ばにらさま』収録の「20×20」という短編に出てきた純文学作家崩れの女の人で連作短編集を作ろうと思っていた。

表現は人を傷つけ時には訴えられることもあるのに、表現を止めることができない。盗作紛（まが）いのことをしてまで創作にかじりつく頭のネジが一本飛んでいるみたいな人を書こうと思っていた。

これは私小説まではいかないけれど、自分が長年文芸の世界で見てきたことを盛り込もうと思っていた。でもこれももう完成させることはできないのでどなたか書いてくださってＯＫです。

未来のための読書がなくなったらもう何も読みたいものはないのかもと思ったけれど、私の枕元(まくらもと)には未読本が積んであるコーナーがあって毎晩その中からその日の気分に合わせて本を選んでいる。未来はなくとも本も漫画も面白い。とても不思議だ。

7月1日(木)

7月になった。

家の中に不要なものはまだ山のようにあって、整理して捨て続けてきたのだが、なんだかそれも疲れてきた。というか飽きた。

微熱が下がらず今日もぐったりして過ごす。

夜中に急に体中が痒(かゆ)くなって、ちょうど起きてきた夫に熱いおしぼりを作ってもらい、背中と頭をゴシゴシ拭(ふ)いてもらった。

そういえば抜けた頭髪が少しずつ生えてきている。

早く帽子やかつらをつけないで外を歩けるようになりたい。

7月2日（金）

在宅医療の先生の定期訪問の日。

先週退院したばかりの時にも来て頂いていて「先週に比べてすごく元気になったね」と言われ嬉しかった。


普通のお医者さんとは違うのでたっぷり1時間世間話まじりにいろんなことを話した（最終的には夫の新車自慢まで聞いてもらった）。

その中で私が自分のことを「意外にわたし頑固なところがあってなかなか柔軟にできないことが多いんですよね」と言ったら「意外じゃないですよ！　頑固だから今こうしてここにいるんじゃないですか！　いいことです！」と笑われた。

確かに……と私と夫は納得。

「これは嫌！」というのが昔からはっきりしていたからこそ、私は生まれ育った土地を出たし、会社を辞めて作家になったし、仕事量も増やしすぎなかった。頑固で意志を曲げなかったから最初の夫と離婚をしたし、今の夫と再婚したし、軽井沢に家を建てて人付き合いを最小限にしたゆったりした暮らしをしてこられた。

病気になったのは残念だったが、抗がん剤も一度試して「これは誰が何と言おうとできない」と決めることができたので、頑固も使いようということで。

今日とうとう私の軽自動車がディーラーさんに連れて行かれた。私の住んでいるところは車社会なのでそこで車を手放すということは自由に使える足を手放すということだ。

運転しやすい車だった。自分のキャラクターにも合っていた。もっと乗ってあげたかったな。しかし中古で80万円で買った車がなんと75万円で売れた。なんというコスパの良さよ。

あと家の中に大量にあった私の鞄を整理した。

私は鞄が好きなのでＴＰＯに合わせて様々な鞄を長年にわたり溜め込んできたのだが、こんなにあってももう使わないよねと泣く泣く捨てた。昔のエルメスとかディオールとかもメルカリで売る気にならなくてゴミ袋に突っ込んだ（エルメスのトートバッグは後で夫が救済して使っている）。

7月3日（土）

作家の唯川恵さんがお見舞いに来てくれた。

唯川さんとは若い時恋人のように毎日連絡を取って本当に仲が良かった。海外旅行も一緒に何度も行った。年上で同業の先輩だけど大切な友人だ。たくさんお世話になった。

軽井沢へも唯川さんが先に移住していたので不安なく引っ越せた。もうこの数年はお互いの生活のベクトルが別の方を向いていてたまにしか会わなくなっていたけれど、私にはやっぱり唯川さんは特別な人だ。

　あれも話そうこれも話そう、でも泣いちゃうなと会うまで心の準備をしていたのに、会ってみたら何も言えなくて泣きそうな話は自分から切り出せなかった。たぶん唯川さんもそうだったのかもしれない。笑ったまま楽しいまま別れた。別れ際、唯川さんは「何でもするからね、いつでも連絡してね」と言ってくれた。


　その夜私はまた37・5度の熱を出した。人と会うと熱が出るのはやっぱり緊張しているからか。熱で何度も眠ったり目が覚めたりを繰り返して唯川さんとの日々を思い返したりした。

　一番いい思い出は（どれもいい思い出なんだけど）私は離婚後目黒のボロアパート（1K）で一人暮らしを始めて、その後中野のこれまたボロいコーポ（2K）に移った。その中野のコーポにはまる3年いて、わりと精神的にも安定して暮らしていた。エレベーターのない三階の部屋で洗濯機置き場もベランダだったけれど、駅が近くて部屋も広かったから唯川さんをはじめいろんな人が遊びに来てくれた。

　中野にはこぢんまりした外食の店がいっぱいあって、自炊もしたけれど昼も夜も中野丸井の裏手にあるお店で済ませることが多かった。いい喫茶店もいいバーもいいビストロもあった。三軒茶屋に住んでいた唯川さんもちょくちょく中野に来てくれた。

その時期出版社の人と唯川さんに誘われて高尾山へ行こうということになって私は青くなった。とにかく運動が苦手で体力がないのでいくら高尾山と言ってもこのままでは迷惑をかけてしまうと、予定が決まった1か月半くらい前から私は自主強化期間に入ったのだった。

午前中になるべく仕事を済ませ、午後は駅前のジムのプールで泳ぎ、夕方になると長散歩に出た。私は長時間歩くのもそれまでは好きではなかったのだが、いざ歩いてみるととても面白くて夕方の長散歩を私は日々の楽しみにさえするようになった。

中野駅から住宅地を通って東中野へ。そこから早稲田(わせだ)通りに出て中野方面へ戻り、ひたすら歩いて環七を越えて高円寺まで歩いた。一息ついて家まで戻ると、その頃は歩数計すら持っていなかったけれどたぶん8キロくらいはあったかもしれない。だんだん夜になっていく都会の景色を音楽を聴きながら眺め、ぼんやり小説のプロットを考えたり、あれもやりたいこれもやりたいと楽しいことばかり考えていた(それからしばらく長散歩は習慣になった)。

肝心の高尾山では結局途中で貧血を起こしたりして唯川さんに迷惑をかけてしまったのだけれど、高尾山から尾根伝いに一日歩いて最後は温泉に入ってとても楽しかった。

あの頃は恋愛もうまくいかなかったり、仕事もなかなか結果が出せなかったり苦しかったけれど、今振り返れば驚くほどキラキラした日々だった。

7月4日(日)

昨日の日記、読み返してみたら、唯川さんとの思い出というよりは〝一人で長散歩して楽しかった思い出〟だった。

あまり昔話をすると人から嫌われそうでなるべくしないようにしてきたのだが、生涯が終わる直前ぐらいは思い出してもいいかなと最近ちょっとずつ記憶の底を掘り返している。

で、やはり強烈に楽しかった思い出は、小学生の時に近所の山に一人で登って夕焼けを見たとか、家出をして徒歩30分ほどのところにある親戚（しんせき）の家に一週間も泊まりに行ったとかそういうことだった。もちろん友達とふたりきりで初めて喫茶店に入ったとか、自分達だけで予約をして泊まりがけで海水浴に行ったとか健全な思い出もあるのだけれど。

初めて一人で横浜から渋谷までコンサートを観（み）に行ったり、学校をサボって映画を見たり、そういうことが私には笑いが止まらないほど楽しくて生きている実感をつかめた瞬間だった。

そんな私にとって、就職した会社を辞めて専業作家になったり、最初の結婚をあっさり辞めて独身に戻ったり、それらは辛（つら）い部分はあるにはあったが内心は「笑いが止まらない」出来事だった。

今の夫は多分私のそういうところを分かってくれていて、私が自由にすることを決して止めたりはしなかった。

東京にマンションがあるのに軽井沢に家を建てるのも面白がってくれたし、東京のマンションを売ったあと私が自分一人用のワンルームを借りると言った時も「へー」と言っただけで驚かなかった。

恐(こわ)がりで不安がりの私だけれど、何故(なぜ)か半歩普通からはみ出していないと爆発的な喜びを感じないみたいで、思い出すにつけ我ながら不思議だ。

7月5日（月）

今日から手書きで書いているこの日記をパソコンでテキストに打つ作業を始めた。打ってみると手書きの日記は、下書きの下書きの下書きくらいひどいので、このまま活字で発表されたらと思うと冷や汗が出る。

しかし全部はテキスト化できる気がしない……。

頑張りすぎたのか夜また熱が出た。

7月6日（火）

夫は2年前に長年勤めていた会社を早期退職しているので、今は毎日私のことをサポートしてくれている。

4月に私のがんが発覚してそれからしばらくふたりとも感情の大波に翻弄される小舟みたいになって、その怒濤の日々の中で夫は、「妻を最期まで自分で面倒見る」というスイッチが入ったようだ。

家事と私の世話の合間に、長年続けている英語の勉強と、自分が健康でいなければと日々体を鍛えている。

最近だいぶ私の具合が低空ながらも落ち着いてきていて、そうなると治療も通院もない日々なのでふたりだけでただゆっくり過ごすことが多い。

ソファで夫に膝枕をしてもらってNetflixやYouTubeを見たりしていると、年を取って泳げなくなったトドが飼育員によりかかっているような様子である。

夫が会社を辞めた時、とにかくじっとしていられない人なのですぐに働きに出るのだろうなと思っていたら、短期の学校通学や短期留学をしただけで後は家の事をやったりで、それでいいような気配だった。私の方も毎日家にいられたら嫌かなと思ったがそうでもなかった。「働いた方がいい？」と聞かれて「人間働くために生まれたわけじゃないから別にいいよ」と答えたらホッとしているようだった。しかしその後のコロナ蔓延(まんえん)は想定外だったし、私の病気はもっと予想外だった。

そんな夫が今日、お酒を飲みすぎて自分でホワイトソースから作ったグラタンをオーブンから出そうとして手を滑らせてひっくり返してしまい、泣き出した。料理を作りながら飲んでいるので既に酔っ払っているのもあるし、せっかく作ったグラタンを床にぶちまけてしまったこともあるだろうけど、この人はそうは見せなくてもすごく我慢をしているんだなと感じて私も少しもらい泣きしてしまった。途方に暮れる夫を寝室に連れて行って寝かしつけ、美味(おい)しそうに焦(こ)げのついたグラタンがぐちゃっと床に広がっているのを片付けた。

私は夫のことが好きだし夫も私のことが好きだと思うが、もうすぐ別れの日が来る。別れたくない。

7月7日（水）

久しぶりに外にお茶を飲みに行った。

どのくらい久しぶりかとメモを見てみたら、病院に担ぎ込まれたのを抜かすと3週間ぶりの外出だった。

救急で運び込まれた時に電子内視鏡で手術をし、その時主治医のK先生に「これでまた好きなカフェに行けるぐらい元気になりますよ」と言ってもらったが、なかなか外出するほどエネルギーが湧いてこなかった。けれど今日なら行けるかもと思い切って出かけてみた。出かけると言っても、着替えてかつらをつけて夫の車の助手席に乗るだけだ。それでも今の私の体力だとギリギリという感じ。

梅雨の狭間で珍しく晴れていて、いつも行くフラワーショップカフェはテラス席が気持ちよかった。連日の雨で緑がたっぷり水分を含んで、ちょっとむしむしする風の中でブルーベリースカッシュを飲んでいると、バリ島のウブドにいるみたいだった。

夫と昔行ったウブドのコモシャンバラというホテルを思い出した。もし来世があったらもう一度コモシャンバラに行きたい。高いけれど（でもアマンよりは少し安かった）、食事も建物も全然知らない世界観だった。

今生で後悔していることがあるとすれば、語学を勉強しなかったことかもしれない。せめて日常英会話くらいできたら旅先でもっと楽しめたと思うし、一人でも旅ができただろう。一応努力はして、英語学校に通ったこともあったのだが、目先の仕事に時間も気持ちも持って行かれてしまった。

仕事はそれなりに頑張って充実感はあったのだけれど、来世は仕事などしない人生がいい（人間でないかもしれないし）。

来世も夫とたくさん旅行に行きたい。スイスや南仏やイタリアやギリシャ、ニュージーランドやフィジーやタイへ行きたい。知床半島だって一緒に行きたかった。

7月8日（木）

夏に出る単行本の打ち合わせでB社の方々4人がお見舞いを兼ねて来てくださった。事情を全部伝えてあるので、皆さんどんな話をしたらいいか戸惑ったと思います。なのに来てくださって本当にありがたい。

直木賞のあたりからの長いお付き合いの3人の編集の方（お一人は実は退職なさっていて今回フリーの編集者として加わってくださった）と若い女性カメラマンの方。今日は新刊の宣材用の写真を撮って頂いた。

宣材用というのはもちろん本当なのだが、その場にいた人、私を含め全員これが遺影になる可能性が大と思っていた。なので今日は久しぶりにちゃんと化粧をした。久しく使っていなかったファンデーションはカチカチに固まっていた。夫とふたりのカットも撮ってもらった。

とても楽しい時間だった。

今日私はわりと元気で多分皆さんもそう感じたと思われる。私自身ももうすぐお別れだなんて本当に信じられない。この体調のまま2年くらいは持つんじゃないかと思ってしまう。でもきっと違うのだろう。

昨日、今生で悔いがあるのは語学の勉強不足と書いたけれどもちろんそれだけではなく、ろくな運動習慣をつけなかったことを後悔している。激しい運動じゃなくても、年をとる前に筋力を保てるようなエクササイズを習慣にすべきだったと思う。

東京に4度目の緊急事態宣言が出た。

この病気になって夫とふたり無人島に流されているような日々を送っているけれど、世の中に全く興味を失ったわけではなく一応ニュースはチェックしている。

コロナから解放された世の中を私は見ることはないだろうけれど。

7月9日（金）

訪問診療の先生がいらっしゃった日。

いつもお医者さんプラス看護師さんのチームでいらして、1時間ぐらい世間話などしてとても楽しい時間だ。

無人島に毎週物資を届けてくれる本島の人という感じ。

先生方が帰った後、ほっとしたのかきゅうっと昼寝してしまう。昼寝から覚めてもまだ眠くてなんだか体調がおかしい気がする。

いつもと少しでも体調が違うと、もしかしたら今晩何かあるのではと恐怖に駆られる。


ふとスマホを見たら、母からＬＩＮＥが来ていてぎょっとする。

母には5月上旬に家に来てもらって病状を説明したのだが、どうやら飲み込めなかったようでピントの外れたことを言ったまま帰って行って、それから約2か月何の音沙汰（おとさた）もなかったのだ。兄からの情報によると、なんと声をかけたらいいかわからないとのことだ。

いろいろ突っ込みたいところはあるが、でも私は母について悩むのはもうやめたのでLINEも適当にスタンプで返事をしておいた。

長年母との間には深い葛藤（かっとう）があった。

でも最期の日々、私はもう母から解放されてもいいと自分で自分を許したのだ。

7月10日（土）

楽しい一日だった。

夫が新しく車をハイブリッド車に買い替え、試し乗りで少し離れたところにあるカフェへ行ってみたりした。

電気自動車、本当に音が静かでびっくりする。充電プラグの工事もしたので家で充電できるし、停電になったら車から家へ電気を送ることもできるそうだ。未来が来たという感じ。

夜はすぐ近所の神社で打上花火大会があった。コロナ禍なので、時間短縮の上に駐車場も使えなかったので見に来ている人はまばらだったが、まさに人生最後の打ち上げ花火を堪能（たんのう）した。不思議と涙は出なかった。

浴衣（ゆかた）を着ている高校生ぐらいの女の子二人連れを見て、私も若い時に浴衣を着て夏祭りへ行った思い出があって良かったと思った。

思い出は売るほどあり、悔いはない。悔いはないのにもう十分だと言えないのが、人間は矛盾してるなと思う。

家に戻って疲れたのか突然嘔吐（おうと）してしまい夫に心配をかけてしまった。

7月11日（日）

昨日すごく歩いたので疲れが出たのか昼寝を3時間してしまう。

あれこれやることがあるのに進まない。しかしこの期（ご）に及んでやることがあるのはいいことなのかもしれない。

7月12日（月）

晴れていて気持ちがいい。

昼食に夫がエビフライを揚げてくれた。カレーチャーハンとエビフライという、大学生向けの喫茶店のランチメニューみたいなお昼を美味しく食べた。

その後新刊用の仕事を少しして、この日記をテキストに落とす作業をした。

夕方久しぶりに入浴し、気をつけているのにやっぱり入りすぎてしまった。

少し熱が出てしまったので夫とゴロゴロしながら、昔誰と誰が付き合っていたらしいとか罪のない噂話をしたりして気を紛らした。

もし国立がんセンターの先生の余命4か月が正解ならば、私の残り時間はあと35

日である。なんだかそれを思うと不思議な感じがする。

せめて１２０日以上は生きて夫に少しでも安心してもらいたい。

7月13日（火）

低めながらも安定していた症状に数日前から少し変化があり、夫と相談してＡクリニックの方に来ていただく。

やはり病状は進んでいるのだと実感した。

でもＡクリニックの先生や看護師さん達が明るく女子っぽいノリでキャッキャとしてくれて本当に助かるし嬉しい。私と夫だけでは冗談を言って明るくするにも限界がある。

そして帰り際、私がいないところでどうやら夫に励ましの声をかけてくれているようでそれも助かる。大きい病院だけではこんなに細やかには気を配っていただけないので。

明々後日（しあさって）B医療センターの予約が入っているので、そこで新しい病状の検査をすることになると思う。入院だけは何としても避けたいところだ。でも大病院だからできることは当たり前だけど山のようにある。一台何千万円もしそうな医療機器がガンガン置いてあるわけだし。

どちらにせよ私の病状は違うフェーズに移った気がする。

夕方この日記をテキストに写していたら、30分ぐらいで吐き気がしてしまいダウンする。手書きはそれほどダメージはないのだけど、どうもパソコンに向かうと目眩（めまい）がひどくなる。

そんな日の夕方、ポストに吉川（よしかわ）トリコさんの著作『余命一年、男をかう』という本が届いていました。

7月15日（木）

Ｋ書店の編集の方がふたり、お見舞いに来てくださった。

先日Ｂ社の方々となごやかに笑って会えたので今日も大丈夫だと思っていたのだが、別れ際20年以上付き合いがあり私の本をたくさん作ってくれたＧ氏の手をつい握って、不覚にも泣いてしまった。Ｇ氏も堪えきれず泣いていた。

わたし、彼女が泣いたの初めて見たと思う。

「この家が建ったのはＧ氏のおかげだから」なんて言ってしまったけど本当は「一緒にたくさん本を作ってくれてありがとう。本当に長年ありがとう」と言いたかった。

人が私のために泣いてくれると、その人の中に私が生きている気がしてじーんとする。

そういえばＧ氏は「山本さんもしかして今、日記書いてますか？」と目ざとく言っていた。それでこそＧ氏。

これで会っておきたい方、会う必要のある方とは一応一通り会ったと思う。もちろん会いたい人はまだたくさんいるのだが、遠方に住んでいたり今は疎遠(そえん)になっていたりする人を呼びつけるのも変なので。

でも本当はあの人にもあの人にもあの人にも会いたかったと心の中で思う。

私が突然いなくなったら、皆さんを驚かせてしまうと思う。ごめんなさい。本当はお会いしてさようならとありがとうを言いたかったです。

7月16日（金）

先日の退院以来のB医療センターの定期検診。

どこもそうだと思うが大病院は混んでいて、採血から何からとても時間がかかる。

受付のあとレントゲンを撮って先生の問診まで、さらに1時間近く待たされた。

この前とその一つ前の問診は待合室に座っていることもできなくて、急患用ベッドを借りて寝ながら待ったのだが、今日は久しぶりに先生に診察室でお会いできた。

変わってきた症状のことなど相談し、エコー検査を受け、新しい治療のことなども相談する。その治療を受けるかどうかまだ決断していないのだが、話だけでも聞かせて頂きたくて頼む。

病院だけで4時間かかり、フラフラになってしまって家に戻ってすぐに寝た。

7月17日（土）

梅雨が明けて本格的に夏っぽくなった。でも軽井沢は最高気温27度でとても爽(さわ)やかである。

若い頃はとても夏が好きだった。

夏はサンダルを履けるし、アロハも着れるし、プールで泳げる。

短パンとTシャツで原付に乗ってどこへでも行ける夏が大好きだった。でもそんな風に思えたのはきっと最高気温が30度そこそこだったからだろう。

58歳の夏、私は腹水が溜まってお腹(なか)が苦しい。

腹水が溜まるなんて、なんというか末期感がすごい。

7月18日（日）

倦怠感で寝込む。外は昨日に引き続きピカッと晴れているのに私だけがベッドの上で丸くなっている。

とろとろ眠って、目が覚めると例の吉川トリコさん『余命一年、男をかう』を読むことを一日繰り返す。

そういえばこの本の前に読んでいた平野啓一郎さん『本心』も余命を扱ったテーマだったな。余命ブーム？

どこが痛いのでもなく吐き気がするのでもなく、ただ体が重くてしんどくて、平野さんの本の中にあった〝自由死〟が認められていたら私は選択しただろうかとぼんやり思う。

トリコさんの本は面白かったです。

7月19日（月）

夫に誘われ、そう具合がいいわけでもなかったが家でうじうじしていてもと思い、フラワーショップカフェへ行った。

ついこの間までテラスが気持ちよかったのに、もうテラス席は暑い。最近夫がスマホで写真をよく撮ってくれるようになった。私も猫のさくらが亡くなる前、1カットでも多くさくらの写真を残したくて、沢山撮ったなぁなんて思ってしまう。

暑さでのぼせてしまい、家に戻って冷タオルを額に乗せて少し寝る。体力がなくなってることを痛感した。

先日B社のカメラマンの方が、夫とのツーショット写真の紙焼きを送って下さった。それを飾る用にネットでフォトフレームを買い、夫が写真をセットしてくれた。

額装されたふたりの写真を見て、よく撮れてるし嬉しいは嬉しいんだけど、なんか複雑な気持ちになる。夫に「寝室に飾りなよ」と言われて「なんかもう死んだ人みたいだからやだ」と意地悪な返事をしてしまった。ごめん夫。

7月20日（火）

夫が所用で出かけて久しぶりに一人で家にいた。
この日記をテキストに打つ作業をし、お昼はパスタを茹(ゆ)でて食べた。
夜、夫が崎陽軒(きようけん)のシウマイ弁当を一つ買ってきたのでふたりで分けて食べた。シウマイ弁当を丸ごと一個食べられたのは遠い昔……。

7月21日（水）

夕方に入浴するとその後絶不調になるので午前中のうちから入ってみることにした。さっぱり。さっぱりはするがやはり不調になるのは変わらなかった。風呂(ふろ)って体力を使うんだな。

夕方になって夫が「明日から四連休でどこも混雑して出かけられないだろうから」と言うので出かけなくてはいけない気になり、着替えてかつらをつけて家を出た。

軽井沢アウトレットへ行きジェラートピケで半額になっていたパジャマを買った。あとタリーズに寄ってエスプレッソシェイクとソーセージドッグをお持ち帰りで買った。

きらびやかなショッピングセンターを眺め、今、特に倹約も散財もしていないんだけれど、よく考えてみれば高くて諦(あきら)めていたバッグや宝石や洋服を、今なら自分の欲を満たすために買ってもいいんだよなと思った。

でも着ていくところもなければ見せる人もいないとなると、ブランドの高い服も鞄もあまり買う意味がない。ということは、それって自分の欲ですらないってことだろうか。他人の欲を刺激するために高価なものってあるのだろうか。

私はなんとなく自分の寿命を90歳くらいに設定していて、贅沢をしなければそのあたりまでは生きていけるお金を貯めた。

そのお金は私に安心を与えたけれど、今となってはもう少し使っても良かったのかもしれない。例えばもう仕事は最小限にして語学をやったり体を鍛えたり、お金じゃなくて時間のほうを使えばよかったのかもしれない。

でもどんな人でも自分のデッドエンドというのは分からないものだ。この期に及んでまだ私はデッドエンドを摑めていなくて、安くなっていたパジャマを買ったりしている。

7月22日（木）

いきなり出た、高熱！

今日は兄と母親が見舞いに来る日で、母親と上手に会えるだろうかと朝から緊張していた。

そして普通に朝食を食べ終わり、あれ？　なんか体が変だなと思ったらあっという間に全身に寒気が走り、先日救急車で運ばれた時と同じくらい強い悪寒に襲われた。

突然の急変に、夫は羽根布団と電気毛布を掛け、大慌てでAクリニックに電話をしていた。

その後のことは朦朧としていて記憶が断片的なのだが、この前の入院でつらいめにあった私は「とにかく入院したくないんです」とうわ言のように繰り返して、そんな私にAクリニックのO先生が「大丈夫大丈夫」と微笑んで座薬を入れてくれたりした。

午後になっても熱が39度から下がらず、抗生剤を点滴するために看護師さんが来てくださり、発熱のせいなのか突然痛み出した腰を点滴の間中ずっとさすってくれたりした。

とても見舞いを受けられる状態ではないのだが、この日は4連休の初日で母を乗せた兄の車は、事故渋滞も重なって横浜から軽井沢のインターまで7時間近くかかったらしい。もう着いてしまうところでそれを帰れとは言えなくて、まだ熱は高かったがとりあえず会うことになった。

しかし私の病気のことがいまいちピンと来てなかった母が、人が来ても起き上がれず、かつらもつけていない私の頭髪の状態を初めて見て、幸か不幸かやっと娘の病状がわかったらしく、涙ぐんでいた。

夫が兄と母に遅い昼ごはんを作って出してくれ、ふたりが帰ったあと、入れ違いでO先生がまた来て下さり、薬の効き具合など様子を見てくれた。夕方になっても熱はまだ38度台だった。明日下がらないようなら病院行きもあるかもしれないという。

それにしてもびっくりな一日だった。夫は疲れて倒れるように寝ていた。

この日の夜、再び悪寒が出て、一人で泣きながらダウンベストを着込んで寝た。

どうか明日は熱が下がっていますように。

7月23日（金）

一夜明けると昨日のことが嘘（うそ）のような平熱。それはそれで驚く。でも嘘ではなかった証拠に激しい疲労感で全く起き上がれず。夫は「入院しないで済んだだけでもよかった」と喜んでいる。同感ではあるが、自分でトイレに行くだけがやっとで他の事は全くできないくらい体が疲れている。

オリンピックの開会式を見るどころではなかった。

7月24日（土）

とにかくだるい。お腹が腹水で張っていて苦しい。

私の寝室は二階にあるのだけれど、一階のトイレに降りていくのがつらくなってきた。

オリンピックの開会式は録画してあったダイジェストを少しずつ見た。

いろいろぱっとしないけれども仕方ない。このコロナ禍でオリンピック自国開催という貧乏くじを引いてしまったことは運が悪かったと思う。コロナさえなければもう少し復興五輪の面を打ち出せたかもしれない。

大河ドラマ「いだてん」を見た時に思ったけれど、もうとっくにオリンピックは当時の素朴さを失ってしまった。もし私が今アスリートなら絶対オリンピックに出てメダルをとることを目指すだろう。それがどんな利権にまみれたオリンピックでも、オリンピアンというシールを貼(は)ってもらって今後の人生に役立てるだろう。オリンピックというアイデンティティを死ぬまで心の中に聖火みたいに灯(とも)すだろう。

アスリートが頑張っているからオリンピック開催に賛成という意味じゃなくて、何かを極めて生きることは尊いだけではなくて危うい面も大きいなと感じた。それが人間という生き物の性(さが)なのかもしれない。

そして、次の冬季オリンピックが近いことと、それまで私は生きてはいなそうだなということをぼんやり思った。

7月25日（日）

体がずっしりと重い。

もう駄目なんじゃないかと思うくらい辛い。

朝起きて少し朝ご飯を食べてまた昼まで眠り、お昼を少し食べてまた午後も眠る。

階下のトイレに行きたくなると、ふらふらする足に力をこめて転ばないように気をつけながら何とか行く。

座っていることができず、すぐ横になる。

先日の発熱の疲れが残っているのならあと2、3日で元に戻れるかもしれないけれど、もしこのままなら寝室を一階に移すことを真剣に考えないとならない。

オリンピックはメダルラッシュである。

7月26日（月）

起きた時は調子がいいように感じたけれど、少し家事をしただけでめまいがしてしまい寝込む。

昼寝を3時間近く。

最近体調が思わしくないせいか新しい本を読む気がせず、テレビで映画化のことを知った村上春樹（はるき）の『女のいない男たち』を再読。ほとんど内容を覚えていなかった。

映画化された短編「ドライブ・マイ・カー」は妻をがんでなくす男の話で、これは夫に読ませるわけにはいかないと隠す。

春樹さんの本から気持ちが離れて久しいけれど読んでみればやはり巧（うま）さに唸（うな）る。

7月27日（火）

体の倦怠感は薄まるどころか日一日とどんどん重くなっている。ソファに5分も座っていられない。

仕方なくベッドに横になるが、ここのところずっと横になっていてますます筋力が落ちたのか、腰や背中が痛くてたまらない。縦にも横にもなっていられない。身の置き所がなくて、ただもぞもぞ寝返りを打って唸っているしかない（後で知ったのだがこの「身の置き所がない」というのもがんの症状のひとつらしい）。

体が辛いと本も読めずスマホも見られず、頭の中が暇でしょうがない。

一日が長い。

さすがにこれはまずいんじゃないかと思った夫がAクリニックの先生に相談の電話をしてくれた。

夜、夫が気晴らしに何か本を読んでくれるというのでちょうどアマゾンから届いていた角田光代（かくたみつよ）さんの『おやすみ、こわい夢を見ないように』を音読してもらう。

確か姉と弟が造語でおやすみを言い合う好きなシーンがあって、そこがもう一度読みたかったのだ。

造語は「ラロリー」で、意味はタイトル通り。夫とも「じゃあねラロリー」「また明日ねラロリー」と言い合って眠った。

7月28日（水）

再びびっくりすることがあった。昨日あまりにも倦怠感がひどく、続けて吐いたりもしていたので、夕方訪問医療のクリニックの方に来てもらって相談をした。「だるいんです」といったところでどうしようもないのだろうなと半分以上はあきらめ気味に訴えたところ、ステロイド薬を飲むのがいいかもしれないということになった。

ステロイド……そういえば、猫のさくらが病気で亡くなる前、ステロイドで、かなり元気をとりもどしていたな、と思い出す。

私の病状も、もうそのあたりまで進んでいるんだなと暗くなりつつも、今朝から少量飲み始めたら、体がいきなり軽くなってびっくり。

　5分も座っていられなかったのに、今日は洗濯物もたためたし、花を活けたりもできた。本も読めるし、日記も書ける。それより何より、夫のほっとした顔を見られてよかった。

7月29日（木）

　薬がよく効いているのか本日も朝から動ける。くどいけれど、一昨日まで5分とソファに座っていられなかったのに、今日は台所のシンクまで磨いた。

　この日記はノートに手書きで、直しながらパソコンでテキスト化しているのだが、元気が出たと言ってもやはりパソコンに向かい続けるのは体がつらい。ふと音声入力できれば楽なんじゃないかと思いついて夫に相談したら、ネットでやり方を調べてくれた。

そしてスマホで試してみたら大変に楽！　小説も音声入力できたらもっと体力を遣わずにできたかもしれないと少し悔やむ。

東京のコロナ新規感染者は過去最多の３８６５人。

7月30日（金）

午前中、ひさしぶりに入浴した。３日前までは、もう自分で風呂に入ることができない、と絶望していたのが嘘のよう。

午後、クリニックの先生来訪。

今までは世間話的なことが多かったが、今日はこれからのことなどやや踏み込んだ話をした。

自分の気持ちを他人に正確に話すのはむずかしい。でも今日は少し正直に話せたと思う。

来週から定期的に訪問看護のスタッフさんに来て頂くことになった。

夕食はすき焼き。少しだけど、すき焼きを食べられるほどの食欲がわいて嬉しい。

7月31日（土）

とても体調が良いので、夫に車を出してもらって、買物へ行く。

帰りに町内で一番好きなカフェへ寄ってコーヒーゼリーを食べた。そのお店のテラス席が私は大好きで、以前はよく一人で本を読んだりおいしいランチを食べたりした。メニューは普通だが、その普通の飲み物やパンやスイーツがどれも驚くほどにおいしいのだ。

もう来られないかと思っていたので本当に嬉しい。

さっぱりした感じの人との距離感が好ましいお店の女性とお話をして、焼き立てのスコーンを買った。心の中でありがとうございますとさようならを言った。

東京のコロナ新規感染者は４０５８人。これは来月にはあっと言う間に１万人に届いちゃうのでは……。

8月1日（日）

ステロイドが効いているのか、食欲がずいぶん出てきて、お昼に夫が買ってきたお寿司を食べた。生の魚なんてここ最近はまったく食べたくなかったのに、久しぶりに強烈においしく感じた。

そしてこの日記を途中までテキストに落としたものをまとめて直したりした。来週、編集の方に見てもらおうと思う。

元気なので島本理生さんの新刊『星のように離れて雨のように散った』を読んだ。とてもよかった。初期のころの島本さんのテイストが復活しつつ、熟成した今の島本さんが仕上げた極上の対話小説だった。

この本の中に村上春樹さんの『ノルウェイの森』について登場人物が意見を述べる場面があって、再読したくなってアマゾンで注文した。

８月２日（月）

明らかにステロイドの効果なのだが、びっくりするほど食欲が戻ってきていて、今日はお昼にカフェへ行った。本当はその店のシーフードドリアが食べたかったのだがたまたまなくて、もともとカレーの店なのでグリーンカレーを食べた。めちゃくちゃおいしかったが、夫に途中で「全部食べたら具合が悪くなるからダメ」と止められた。案の定、今苦しいです。

昨日まとめたこの日記の原稿を、Ｓ社のＳさんに送って読んでもらった。活字にしたいです、と言ってもらえてほっとした。

送ったのはまだ前半の救急搬送されたところまでだが、改めて読み返して、これは闘病記ではなく逃病記だなあとしみじみ思った。

私は「緩和ケア」という言葉は知っていても、その中身についてまったく理解していなかった。

たとえば小説や映画などでそういう件(くだり)があっても、詳しい記述は割愛されていて、それはまるで〝朝チュン〟のようだった（朝チュンとは、少女漫画などで若い男女がベッドインしたあと電気が消され、次のシーンはもう窓から朝の光が射(さ)し込み、鳥がチュンチュン鳴いているというような表現のこと）。

今思い出せる具体的な作品はたとえば『海街diary』で、食堂のおばちゃんが緩和ケア病棟に入ったあとは、もうお葬式の場面だった（それが主題ではないので、おかしいと言っているわけではないのです）。

「緩和ケア」について人々はほとんど何も知らないし、それを実践している私ですらまだよく分かっていない。Wikiを引けばもちろんそこには詳しい説明が書いてあるけれど、説明とやってみた感じはちょっと違うような気もするし、緩和ケアと一口に言っても人それぞれだと思う。

ただ私はがん宣告を受け、それがもう完治不能と聞いた瞬間に「逃げなくちゃ！あらゆる苦しみから逃げなくちゃ！」と正直思った。それが私にとっての緩和ケアなのかもしれない。しかし、こう思ったのと同時に、あらゆる苦しみから逃げるのは不可能である、ということも分かっていたように思う。

今、私は痛み止めを飲み、吐き気止めを飲み、ステロイドを飲み、たまに抗生剤を点滴されたり、大きい病院で検査を受け、訪問医療の医師に泣き言を言ったり、冗談を言ったり、夫に生活の世話をほとんどしてもらったり、ぐちを聞いてもらったり、涙を受け止めてもらったりして、病から逃げている。逃げても逃げても、やがて追いつかれることを知ってはいるけれど、自分から病の中に入っていこうとは決して思わない。

8月3日（火）

昨日、新刊『ばにらさま』の情報解禁日で、昨日今日とSNSで版元さんに作ってもらった特設サイトのことを告知した。

発売は9月13日。くどいようだが、私はその日を生きて迎えられるのだろうか。

今日、一階の和室にベッドを買って搬入した。

今はステロイドが効いていて元気だが、いつ二階の寝室に上がれなくなってもおかしくないので。

無印の一番安くて固いマットトレス。これが私には一番寝やすい。

……元気と書いたそばから、夜、激しい倦怠感におそわれる。ステロイドを飲むようになる前は毎日こんな感じだった。やはり薬で一時的に症状がおさえられていただけだったんだと落ち込む。

しかし強い倦怠感のせいかよく眠れた。

8月4日（水）

朝、今日は気分がいいかも、と思ったとたん、ケロケロッと嘔吐してしまう。何の前ぶれもなく突然吐いてしまうことがたまにあるので、家中のあちこちに黒いエチケット袋が隠してあって、それをさっと取ってさっと吐く。夫もさっと水とタオルと洗面器を持ってきてくれる。

　吐くと疲れるので、午前中から午後にかけて３時間くらい寝たらだいぶ良くなった。

　夕方、この日記を音声でテキストに起こす作業をする。キーボードで打つよりは楽だが、いつまで作業できるだろうか。夫もＳ社のＳさんも手伝うと言ってくれているのだが、できれば自分でやりたい。

『ノルウェイの森』を再読した。以前読んだときは緑という女の子のことがわからなかったが、今回は緑のことをかなり好感を持って読めた。春樹さんの研究本は山のように出ているが、そういうのはあまり読む気がしない。自分の印象を人の意見で左右されるのが、いやなのかもしれない。

8月5日（木）

昨夜、夜中に目が覚めてそれからうまく眠れずにまいった。

ステロイドはいいことばかりではなく、眠りを妨げる作用があるらしい。でも昼間元気でいられることと天秤（てんびん）にかけると、明らかに昼間動けるほうがいいし、難しい。


今日から週に一回訪問看護の看護師さんが来てくれることになるその初回。

介護が必要なお年寄りが受けるというイメージが強い訪問看護だが、私のような患者も診てくれるという。契約書類などを交わし、具体的なことは何を……？　と相談したところ、何でもしてくれると言う。

散歩は行きますか？　と問われて、散歩はもう最近は行かないと答える。腰がこっていて困っていると言うと、ベッドに乗り込んでストレッチを教えてくれた。プロが教えてくれるストレッチは効く。

訪問看護を受けるのはまだ少し早いような気もしないでもないが、考えてみたらステロイドが効かなくなったら私はもう自分でトイレへいくのもやっと、という状態なのだ。

最期(さいご)の時に向かえば向かうほど看護師さんにはお世話になるのだし、今から慣れておいて彼女たちのお名前と、どんな人なのかを覚えたい。

関係ないが、夫がお昼にうな重を買ってきてくれて半分食べた。最近めっちゃ栄養がついている。

今日の東京のコロナ新規感染者数、５０４２人。

8月6日（金）

週一回の訪問診療でクリニックの先生が来て下さる日。

昨日から、訪問看護が始まったので、読んで下さる方はごちゃついていると思うが、「訪問診療」は先生と看護師さんが来て、「訪問看護」の方は、看護師さんだけが来てくれる。ちなみに調べてみたところ「訪問診療」は医師が診療計画を立てて定期的に訪問することを指し、「往診」とは、状態の急変時（高熱、痛み、嘔吐など）定期訪問とは別に夜間や休日も必要に応じて行う診療のことを言うらしい。私もよく分かっていなかった。

私がお願いしているクリニックでは「訪問診療」と「往診」、「訪問看護」を組み合わせてサポートしてくれている。私はこんなに手厚い医療を受けているのだな、なんという幸せなことだろうとしみじみ思う。

今日もO先生といろんな話をした。先生がやっていた柔道の話や私がやっているSNSでの仕事の告知の話など。

ステロイドで夜の眠りが浅いので、眠剤のことも相談した。

8月7日（土）

午前中に入浴し、さっぱりはしたが、やはり疲れて昼寝をした。今日はやけに腹水でお腹が張って苦しい。どこも悪いところのない日がありそうでなかなかない。

長嶋(ながしま)有さんの特集だった文芸誌の「群像」を取り寄せて読んだ。新作は150枚の私小説で長嶋さんの幸せそうな生活の話だった。家を購入したらしい。古くからファンの私は、将来書かれるであろう、その新しい家で暮らす長嶋さんの小説も読みたかった。

同じ雑誌に田中兆子さんの短編「イオンと鉄」も載っていた。すごく面白かった。田中さんが新人賞をとった時、私が選考委員の一人だったこともあり、何度かていねいな手紙をいただいたことがある。お会いしてご挨拶(あいさつ)できたら良かったな。

8月8日（日）

昨日から一転、今日はお腹の張りもほとんど感じなくて、かなり体調が良い。気になっていた家事もいくつかやったりして充実。桃とアイスクリームで簡単なサンデーも作ったりして、夫が喜んでくれた。

旅行や遠出ができなくても、家の中でやりたいことをやって過ごせて、負け惜しみではなく、とても幸せだ。

オリンピックは今日、閉会式。

8月9日（月）

ここのところ調子が良かったのに、この日の明け方、胴まわりに激しい痛みを覚えて目が覚めた。

胴まわりの痛みは、がんが発覚する前後に長く悩まされていたもので、最近は薬でおさえられていたはずなのに。

頓服(とんぷく)用の痛み止めを飲んで様子をみていたが、どんどん痛みが激しくなって、熱も上がってきた。これはヤバいと夫がクリニックに往診を頼んでくれた。すぐに飛んで来てくださったクリニックの方々。ありがたい。

そして今回もうわ言のように「病院へ行きたくない」とくり返す私。点滴と血液検査をしてもらった。発熱は腹水のせいか、炎症のせいかというところ。とりあえず痛みが引いてきたので、何なのもう、と思うけれど、何なのも何もなくて、がんなのだ。そりゃ痛くもなるだろう……。

一日ぐったりして過ごす。

8月10日（火）

何だか眠くて、午前中も午後も2時間ずつ寝ていた。その合間に訪問看護の方が来て抗生物質の点滴をしてくれた。

点滴のあと税理士さんに送る書類のために、アマゾンで買ったものを紙に出力するという面倒くさい作業をした。

K書店のG氏から手書きのお手紙が届く。「悲しくて悲しくて頭が割れそうです」と書いてあり、私も頭が割れそうなくらい悲しいのにアマゾンの領収書を印刷した。

それが生きるということ。

8月11日（水）

今日も若い初対面の訪問看護の方が来て下さり、話題に困ったのか学生の時の部活のことを聞かれて新鮮だった。体をマッサージしてくださった。最初は恥ずかしかったが、人に体をさすってもらうのは、それだけでも痛みが和らぐ気がする。

いくえみ綾（りょう）さんの『おやすみカラスまた来てね。』の最新刊を読む。ほぼデビューから全部読んでいる大好きないくえみさん。がっかりした新刊など一冊たりともなく、今回も夢心地で読ませて頂く。何て面白くて、何て素敵で、何て深くて、何度読んでも新しい。少女漫画界の私のアイドルです。

しかし、カラスの次刊は2022年6月予定……。でも大丈夫です。私の心の中でカラスは続くのです。

8月12日（木）

午前中、訪問診療の先生が来てくださり、そのすぐあと、S社のSさんがいらしてくれた。ふだん何の予定もない私にとってまさに充実した一日。

Sさんとはこの日記の活字化について打ち合わせをするのだ。

この日記をもし読者の方に読んでいただける日が来るとしたら、私はもうここにはいない。長かった作家人生の中でも初めての経験になる。私も何をどう書いたらいいのか、手探りというか、わからない。あれは書かないのですか、こういうことは書かれないのですか、とSさんにいろいろ言っていただき、ほーそうか、と心の中で頷（うなず）いたりした。

人に言ってもらわないと分からないことって、やはりいっぱいある。

会社の引き出しを整理したら出てきたとSさんが古い写真のプリントを持って来てくれた。古いと言っても２００９年。

それは角田光代さんの結婚パーティーの写真で、Sさんはじめ S社の編集の方々と私がおしゃれをして笑っているものだった。

２００９年なんて最近だなと思いながらその写真を見て、自分を含め、写っている人がみんな若くてきらきらしていて驚いた。

その時は日常の一コマくらいにしか思っていなかったけれど、今見るとバブルかというくらい眩（まぶ）しい。場所も青山スパイラルだし。

２０１５年に亡くなった、編集のユカさんもきらめく笑顔で写っていた。

8月13日（金）

1か月ぶりのB医療センターの診療日。

家から車で40分かかり、病院に着いてからも、どうかすると2時間近く待たされる。朝から元気を蓄えていかないとヘロヘロになる。

今日は急患用のベッドにお世話になることもなく、待合室のベンチでちゃんと順番を待てた。

しかし、薬の処方から日々の様子見まで、ほとんどの診療がAクリニックに移ってしまったので、B医療センターでは主治医のK先生が入れてくれた胆管ステントの様子を見ることくらいしかやることがなかった。今のところ大きなトラブルのなさそうな私は、エコーもCTもレントゲンも撮ることはなく、採血さえない（そして別の治療法を試すためのMSI検査も陰性だった）。

「では次回は何かあった時にクリニックさんの紹介でいらしてください」とK先生が言って「お大事に過ごしてください」とほほ笑んで診療が終わった。次回の予約は空白だった。

今年の4月初旬にこのB医療センターにかかって、数えきれないほどの検査をして、入院もして、治療についてK先生と話し合ってきたのだが、それが終わる日が来たんだな、と何だか少し呆然としてしまった。

緩和ケア以外の治療をしたくないと言い出したのは自分なのに、本当にそうなると寂しいという……。人間は矛盾しているな。

8月14日（土）

昨日の疲れが出たのか、一日中寝ていた。
寝ても寝ても眠い。

8月15日（日）

昨日よく眠って少し元気が出たので、アマプラで配信になっていた「シン・エヴァンゲリオン劇場版:||」を観た。ものすごくエヴァファンというわけでもないが、いちおう前3作を観たので最後どうなるか気になって。何回かに分けて観るつもりが、つい一気見してしまいヘロヘロになった。夫は途中で脱落していた。シンジ君が大人になってしまって何だか淋しかったな。

8月16日（月）

今日もとっても眠い。病気のせいなのか、薬のせいなのか。「痛い」や「気持ち悪い」ことに比べたら楽なので良いのだが。

カレンダーを見たら、明日の欄に「１２０日」と書いてあった。余命宣告された4か月後のその日が明日なのだ。

データ上のこととはいえ、とりあえず4か月生きることができた。どこを起点にした4か月なのかは難しいところだけれど、いちおう4月のがん宣告の日から数えてみた。

マメに検査をして、何かを数値化してグラフにしているわけでもない。自分の症状が早く進んでいるのか、ゆっくり進んでいるのか分からない。

それでも病気が進んでいることは確かなのだ。けれど、いつ頃何が起きてXデーを迎えるのか誰にも分からない。

58年生きてきて、こんなにも先の予定が立たない暮らしは本当に初めてだ。

120日はクリアしたけれど、突き抜けるような喜びがあるわけではなく、ただ「あ、今日もまだ生きてるな」とぼんやり思う。

次は10日後の新刊の見本の日までは生きていたいな、と思う。そしてその次は新刊の発売日の9月13日まで。そのあとはできれば誕生日の11月13日まで。そのあとは年を越して2022年になるまで？　きっとそんなには生きないのだろうけど、ポジティブにもなりようもなく、ただぼんやりしている。

（ちなみに180日後は10月16日）

8月17日（火）

国立がんセンターの医師による余命告知の4か月をクリアした。とりあえず家の中にいる分には自分でだいたいのことはできるし、今日明日には死にそうもない。

普通に考えて次は180日（6か月）後あたりが目標だけれど、どうなるのかまったく分からない。

先日S社のSさんからもらった12年前の写真をよく見る。

私の隣には元担当編集者のユカさんがおっとりと優しく、ご本人の人柄がよく出ている花のような笑顔で立っている。きれいな髪と内側から発光するような白い肌は、彼女に幸せしかもたらさないように見える。

でもユカさんはこの6年後の2015年にがんで亡くなってしまった。

面倒見のよいユカさんのまわりにはいつも人が多かったので、それだけ悲しんだ人も多くて、私もユカさんの死に打ちのめされたうちの一人だった。

元気にあふれ、スポーツが好き（得意）で、人に気を配り、楽しいことが好きで、仕事が好きで、おいしいものが好きで、犬が好きで、笑うことが大好きだったユカさんが、まさか、よりによってがんで死ぬなんて、とショックを受けて、長い時間立ち直れなかったのに、今度は私だなんて。

私はこの病気になって、そんなに自分の病気について実は調べてはいない。最初から〝治らない〟と言われていたというのもあるけれど、私はがんについて考えるのが恐かった。

がんって何なのだろう。いやそれは医学的にはもちろん（私でも）多少は分かっているけれど、ユカさんだけでなく、58歳にもなれば、ずいぶん沢山の知人ががんで亡くなっている。

ブラックホールに吸いこまれるように、ひゅっと命をとられている。

ユカさんは強い人だったから、がんに打ち勝とうと最後まで闘っていた。最後の最後まで新しい治療薬を試そうとしていた。

でも内心は怖かったに違いない。ブラックホールがすぐ足元まで来ている気がして何度も泣いたに違いない。

最後にユカさんのお見舞いで病室に行った時、彼女はいつもと同じ笑顔を見せてくれたけれど、車椅子に乗って酸素の管もつけていた。

「これ、お見舞いでもらったわらびもち、おいしいから一緒に食べよう」と言って出してくれた。私はあんな風に最後に笑えるだろうか。

人間ドックに通ったところで見つからないがんもある。あるいは見つかったところで治らないがんもある。人間の死因はもちろんがんだけじゃなく、人はみんな死ぬ。

私は死後の世界も、来世も（前世も）特に信じてはいないけれど、たぶん命があって、心が機能しているうちは、ユカさんが生きていた世界を生きているんだと思う。２０１６年に亡くなった父も、２０１７年に亡くなった私の猫のさくらもそこにいる。

8月18日（水）

ここのところずっと熱を出していなかったのだが、久しぶりに朝から発熱する。8月中旬だというのに、冷える日が続いていたからか。ちょうど看護師さんが来て下さる日だったので、採血してもらったりした。

熱でうとうとする中、何か文学賞の候補になったらしいという話を夫から聞いた。

8月19日（木）

夜中に眠れなくて、二階の寝室でガタガタ何かをやっている音が夫には気にかかるらしく、ちょくちょく私を見に来るようになった。

そうしたら、30分に一度は起きだして枕元に座ったりしているらしい。自覚がないわけじゃないけど、改めて言われると恐いな。それじゃ昼間眠いわけだ。

8月20日（金）

訪問診療の先生が来て、夜中に目が覚めてしまうのは、酸素の数値が低めなのもあるかもしれないと、酸素濃縮装置の手配をしてくれた。鼻のチューブから酸素をとりこむ器械で、今、都会ではコロナのせいで足りなくなっている例のマシンである。

入院した時につけて寝たりはしたけれど、家で使うには音がうるさい。しかしパルスオキシメーターで測ってみると、確かに私の数値は低く、チューブをつけることで数値は上がるようだ。それで眠れるかというとそうでもない……（不眠時用の頓服の薬も出してもらった）。

夕方、S社Sさんから電話があって、『自転しながら公転する』が中央公論文芸賞を受賞したとのこと。SNSやメールでおめでとうと言われる。おめでとうと言われる度に少し追い詰められているような気分になる。もっと喜べたらよかったのに。

8月21日（土）

非常に落ち込んでしまう。胸がざわざわして横になっているのにつらい。

病気の症状なのか。文学賞受賞のせいなのか。その両方なのか。夫に背中をさすってもらう。

8月22日（日）

昨日ほどでもないが、今日も落ち込み気味。自分で感情をコントロールできない。残り少ない時間、なるべく穏やかに過ごしたいのに。

夜中に目が覚めて驚くほどイライラがこみあげてきて、これはもしかしたら新しく出してもらった不眠時用の薬のせいではないかと思い至った。

8月23日（月）

少しマシな感じになる。というか午前中も午後も薬を飲んで眠っていた。穏やかで、ほの明るい気持ちを保つにはどうしたらいいのだろう。自力でできることなのだろうか。

8月24日（火）

少し気持ちが落ちついてきた。やはり不眠時の頓服薬がよくなかったようだ。やめたらイライラは収まった。

8月25日（水）

週に一度訪問看護師さんが来て下さる日。

私はまだ自分で動けないとかではないので、週に一度来て下さってもしてもらうことがないかも……と当初は思っていたのだけど、実際お願いしてみたら全然そんなことはなくて大変ありがたい。

今日は薬の飲み方の相談や、先週から始めた酸素濃縮装置の使い方のコツなどをいろいろ教えていただいた。そしてお話をしながら、ビニール袋と蒸しタオルでホットパックを作って、それでリンパマッサージなどをしてくださった。不安は晴れるし、知識は増えるし、リラックスまでできて天国のよう。

それに自分の病気のことをよく知って下さっている方に会うのは落ちつく。元気なころの私を知っている人の前に出ると、どこかで「元気な顔しなきゃ！」と焦りが発動してしまうので。

少し落ち込みから浮上した理由のもうひとつに、薬の飲み方を工夫したというのもある。

緩和ケアを始めて約4か月、当たり前だけれど症状の進行に伴って薬は増えてきて、つい何も考えず言われた時間や症状があるときに頓服薬を口に入れてきたのだが、夫がネットでいろいろ調べてくれて、薬が切れてから飲むんじゃなくて切れる前に服薬した方がいいのではとか、こういうときはこの頓服薬じゃなくて、あっちの頓服薬を飲んだ方がいいのではと言ってくれて、それを試してみたらだいぶ体が楽になってきたのだ。

同じ12時間に1度飲む薬でも、何時に飲むかで感じ方がすごく違う。

こういうことは本当に一人では思いつけないので、夫に感謝しかない。

S社のSさんから、賞のお祝いでニコライ バーグマンのお花が届いた。なんてきれい。ずっと見てしまう。

8月26日（木）

もう夏も終わりなのかと思ったらまた暑くなってきた。

腹水がどんどんお腹（なか）にたまって苦しく、家にある服や下着のウエストがみんなキツくなり、ユニクロで大きいサイズのボトムを買った（ユニクロは下着やパジャマ、Tシャツのサイズがものすごくあることにここへきて気が付き、何というありがたさ、と思った）。

一時あれほど落ちていた体重がすっかり戻ってしまい、でも太ったわけではないので、みんなお腹にたまった水なのだろう。苦しくてつらい。

第三章

9月2日〜9月21日

9月2日（木）

一週間、日記が書けなかった。

私の体調は第3フェーズに入ったようで、この先どう書いていったらいいのか迷う。

私が恐れている「痛いこと」「吐き気」「高熱」からは逃れられているが、体のむくみがこれほどつらいとは……。

たとえば来週自分がどうなっているのか全然想像がつかない。先週家の中で何度か転んでしまったため、寝室をとうとう一階へ移した。

9月3日（金）

今日は思いがけず、一つのピリオドとなった日だった。

ここのところ急に体のむくみがひどくなってきて、今日の訪問診療の先生に相談したところ、今までずっと腹水を抜くのはまだちょっと早いかもとためらっていた先生が、「今日水を抜きましょう。そして介護保険をすぐ申請して医療用ベッドを入れましょう」と前のめりに言ってきた。

午前中に決めて、午後には腹水を2リットル抜かれた。でかいシリンジのようなものでジャバジャバ抜いた。2リットルって、大きいペットボトル一本分……。そしてまだまだ抜けるそうだけれど、今日は初回なのでそんなものにしておきましょうということになった。お腹に入っていた水2リットルを抜いただけで（というか抜いたからこそ）ものすごく体が軽く楽になった。

そして夕方にはリビングに医療用ベッドが設置されて、我が家の一階にふたり暮らしなのに3台のベッドが現れ、野戦病院さながら。そしてAクリニックの先生が改まって言うことには、クリニックとしての私の残り時間の話だった（「お話をしてもいいでしょうか」という前置きをされていたので、聞きたくなければ聞かないでも大丈夫だったのだが、ここで聞かないでいることの方が難しいので、もちろん話してもらった）。

病気はここのところ急激に進んでいる様子だ。そろそろ週単位で時間を見て、会いたい人に会っておいたり、やり残したことをした方がいいかもしれない。そう言われて、お腹が楽になったと喜んでいた私と夫は固まった。

「週単位」という言葉を私はうまく飲み込むのに時間がかかり、すぐ飲み込んだらしい夫は蒼白（そうはく）になっていた。ベッド設置の業者さんとクリニックの先生が帰ったあと、夫が「ごめん。本当に悪いんだけど、ちょっとだけ飲みに行きたい。一人になって落ち着いてくる」と出かけて行った。

ふたりで暮らしていた無人島だが、あと数週間で夫は本島へ帰り、私は無人島に残る時がもうすぐ来るらしい。

夫は駅近くの焼き鳥屋に行ったらお客が一人もいなくて、そこで「そうだ、コロナなんだから飲みに来たらダメじゃん」とハッとしたそうで(ちなみに長野県はまん防の地域にも入っておらず、お店はふつうにやっている)、30分だけ一人で飲んで落ち着き、私に手羽先焼きとおにぎりを買ってきてくれた。何という賢人。

9月4日(土)

腹水を出しすぎたせいなのか、やや気分が悪い。前屈するのは楽になってそれは良かったが。でも抜いてもすぐまた腹水は溜(た)まるそうなので、その時は改めてシリンジでじゃばじゃば抜いてくれるそうだ。

自分の残り時間のことを思い、何かやりたいこと、食べたいもの、会いたい人はいないかを考えてみたが、もうあまり思い当たらない。たとえば毎日家で飲む、スーパーで売っているティーバッグのお茶が普通においしければそれでいいような気がする。

9月6日（月）

とうとう私の人生にケアマネージャーさんが登場した。私がケアマネの方とかかわりを持つようになるのは、きっと母の老化に伴うことだろうと長年思っていたので、自分が先にお世話になるとは何とも微妙な気分だ。

9月7日（火）

かなりの確率でこれが最後になるであろう、兄と母の見舞いを受ける。とても切り出しにくい話だが、残り時間の話と、その日を迎えたあとの葬儀のことと、お墓の話をした。お墓は普通に考えると、夫のお父さんが入っている大阪のそれに入るのがいいのだろうし、私も実はこだわりはない。しかし兄と母にとってみれば関西は遠いのと、横浜に父の墓を建てたばかりなので、そこに分骨してほしいということだった。

帰り際、母は泣いていた。久しぶりにさわった母の肩は痩せていて、私も泣けてきてしまった。「痩せたね」と言ったら、首を振って「お菓子の食べ過ぎで1キロ太った」と言っていた。兄の手を最後だから握った。兄の手にさわったなんて子供の頃以来だ。

それにしてもがんって、お別れの準備期間がありすぎるほどある。いや4月に発覚して今は9月なのだからあっという間の時間だったはずだけれど、とても長い期間お別れについて考えた気がする。別れの言葉が言っても言っても言い足りない。

9月8日（水）

本日もかなりの確率で最後になりそうなお見舞いをS社のSさんとKさんから受

ける。Ｋさんは『自転しながら公転する』の連載原稿を何年にもわたって受けてくれた方で、その前もたくさんの原稿をＫさんに渡してきた。ページ数でいったら一番たくさんの私の原稿を見てくれた方かもしれない。

この日記を本にする打ち合わせをして、最後はやはり手を握り合って泣いてしまった。このご時世、手を握り合うのはどうだとか考える余裕はなく、とにかく触れずにはいられなかった。

Ｓ社のＳさんとＫさんはユカさんのことも見守っていた方なので、本当に「私までごめんなさい」と再び思った。私はこんな時、本当に何を言ったらいいだろう。

この年になってくれば誰でもが親しい人をひとりふたり失くしていくのが普通のことで、でも人間は弱くて、そんな当たり前さえ私は泣かずに受け止められない。

ふたりが帰ったあと家にはきれいなお花とおいしいお菓子と可愛いものがテーブルいっぱいに残された。

9月9日（木）

要介護認定の訪問調査の方が家にいらして、聞き取り調査を受ける。いろいろコツとかネットにあるようだったが、ここは真っ正直にと思って状況をお伝えする。借りたい用具などもあるので、お年寄り向けの質問にも特に抵抗はない。と言いつつ、やはり親より先に要介護の申請をするとは思っていなかったかな……。

9月10日（金）

新しいフェーズとして前から検討していたこと。痛み止めの内服薬を注射に切り替えるため、ＰＣＡポンプというものを体につけることになった。ティッシュの箱よりやや小さい点滴マシンのようなもので24時間微量の薬が体に送られる。内服するより効率的に薬を取り込めるということだ。

思っていたより邪魔じゃないが、やはり病人感はぐっと出た。いやとっくに病人なんだけど。

そして医療用ベッドのマットレスをもう少し寝心地の良いものに取り換えてもらったり、ベッドわきの手すりを増やしたりと着々と整えてもらった。

９月11日（土）

ここのところ人が家に出入りすることが多かったせいか、体調というよりは気疲れしてしまってぐったり。

この日記を書くエネルギーが出ない。出ないというか、こんなことまで書くつもりはなかったのに（ＰＣＡポンプのこととか）ということまで書いてしまっている。

この日記は単なる体験記のつもりなので、治療や薬のことをあえて詳しくは書かないようにしているのに、書きすぎかもしれない。でもそれを言い始めたら最初から何も書かず、残さずの方がいいのだけれど……（しかしもう『再婚生活』からずっと書きすぎている）。

振り返ってみると、この日記を書くことで頭の中が暇にならずに済んでよかったとは思っている。何も書かなかったら、ただ「病と私」のふたりきりだったたと思う。長年小説を書いてきてもういい加減「書かなくちゃ」という強迫観念から解き放たれたいと感じるかと思ったら、やはり終わりを目前にしても「書きたい」という気持ちが残っていて、それに助けられるとは思ってもいなかった。読んで不愉快になる人もいるかもしれないのですが、もうしばらく書かせて下さい。

9月12日（日）

本当は今日、楽しみにしていたコンサートがあったのだが、悩んだ末、行かないことにした。私はワクチンも打っていないし、たぶん免疫も落ちている。とりあえずこの日まで生きられてよかったし、大好きなアーティストの方のコンサートがコロナ禍の下、無事開催されたようでそれだけで良かったと思う。

9月13日（月）

新刊『ばにらさま』の発売日！

本が出て良かった。それを見られて良かった。今回イレギュラーなスケジュールでたくさんの方がご尽力下さって、出版することができた。とても嬉しい。ありがとうございます。

9月14日（火）

ここのところ妙に疲れるなーと思っていたら、考えてみれば一週間以上連続で家に人が来ていた。人が来るというだけで圧がかかるものなのに、薬を変えたり、腹水を抜いたり、具合が悪くたって来ていただいているのだから、そりゃ疲れるわ。

9月15日（水）

　昨日一番のベースに持続注射として入れている痛み止めの種類を変えたせいなのか、ステロイドの量を少し増やしたせいなのか、かなり調子が良くなってきた。

　調子が悪いとSNSなども見る気になれないのだけど、今日はスマホを手に取って自分の本の評判などを見た。そうしたら北大路公子（きみこ）さんがどうやらご病気をされていて、この冬ウィッグが必要になるかもしれないと書かれていて、ショックを受けてしまう。いやショックという意味ではもしかしたら私の方も相当なものなのだろうけど、知り合いの病気は自分がどんな状態でもずーんと来るものだな。彼女とはウェブ日記を「モヘジ」のハンドルネームで書いている頃からのお付き合いだ。直接メールしたい気持ちをぐっとこらえてモヘジさんのご回復をここに祈ろう。モヘー！　治療はつらいと思うけど頑張ってー！　いや頑張りすぎないで、弱音を適度に吐きながら続けてねー！

9月16日（木）

毎日クリニックの方が来て点滴をやって下さっていて、そのせいか調子が良い。なのですごく久しぶりに入浴をしてみたら超サッパリした。

夫に手伝ってもらって毎日体を拭いてはいるのだけど、お風呂はやっぱり違うなー。

それとは別に夫が私のマイナンバーカードを申請して、今日役場まで取りに行ってくれた。車の免許があるのでマイナンバーカードは必要ないかなと思っていたのだが、今年更新だと気が付いて、あわてて申請したのだった。

そしてそして、それとはまた別の話として、つい半年ぐらい前、私の病気が発覚する前までは、私と夫はこんなにもお互いのことに向き合ってはいなくて、自分のことは自分でというスタンスだった。風呂の面倒も役場の用事も、今私は素直に夫に甘えることができる。病気なんかしないに越したことはないのだけど、かたくなだった私がだいぶ甘えることを覚えてきた。

9月19日（日）

世の中は三連休らしい。あ、というかお彼岸だ。私のお彼岸のスケジュールは母と一緒に父の墓参りに行くことだったが、近いうち私が父側に組み込まれると思うと不思議だ。

新刊『ばにらさま』が出てSNSなどに少しずつ感想が上がってきていて嬉しい。漫画家のひうらさとるさんがとても褒めてくださっていた。ネット上では言葉を交わしたことはあっても、とうとうお会いすることはできなかったのが残念だったな……と思いつつ、でも私はネット上でだからこそ成立する関係があって、それも好きだなと思う。名前さえ知らない。たとえば大阪の男性や、アイコンしか知らないあの女の子。関係に優劣はなくて、本が出たりすると必ず話しかけてくれて、とても心の支えになりました。どうもありがとうございました。

９月20日（月）

昨日、夫とひうらさとるさんのことを話していたら、本人から直接メールを頂いて、Voicyという音声ラジオの彼女のチャンネルに出て頂けないかとお話を頂いた。何もなければ大喜びで出して頂くところだったのだが、どうにも体調が安定せず、今回は遠慮させてもらった。

というか、何だか小さい嘘を重ねてしまった。今は病気療養中でいつかひうらさんの住む城崎へ遊びに行きたいなんてメールの返信を書いてしまって、やや落ち込んでしまった。

ほかの仕事の方にも、たまにポツポツと依頼をもらうと、今、体調を崩していて今回はご遠慮させて下さいと返事をしている。もちろん馬鹿正直に「もう私には未来がないんです」と言えばいいとまでは思っていないし、嘘も方便なんだとは感じているが、それでも後味は良くない。ごめんなさい……。

9月21日（火）

元気がある日とない日を繰り返している。

今日は元気のない日。クリニックの方も、毎日誰かしら来て下さっている。

この日記の音声入力も自分ではできなくなってきて、最近は夫が手書きにしたノートをキーボードで入力してくれている。

この日記、ふと私はどこまで書く気なんだろうと考え込んでしまった。

この先はたぶん良いことはあまり書ける気がしないけど、でもまだ何も書けないわけじゃない。

変なたとえだけど、飲み屋の一次会がそろそろ終わりに近づいているというか、この日記もこのあたりで中締めさせてもらえたらと思っています。まだ飲み足りない（読み足りない）人のために、二次会的な何かをだらだら書くかもしれませんが、一回このあたりで切り上げさせて下さい。

つらい話をここまで読んで下さり、ありがとうございました。病気であろうがなかろうが、読んで下さる方がいたからこそ私は生きてこられたなあと本当に心から思います。

残りがあとどのくらいか分かりませんが（まだけっこうありそう）、この日記を書いているノートの残量はまだ三分の一はありそうなので、そこまで何でもいいので書けるといいと思っています。

明日、またお会いしましょう。

第四章

9月27日〜

9月27日（月）

中締め、その後。

今の方々は大きな宴会をあまりしないようなので中締めで一つパンッと手をたたいてもピンと来ないかもしれませんが、二次会の会場（バーとか、安い居酒屋）に来ました。とそこまで書いて、あー、コロナでしたコロナと慌てて打ち消しています……。

今日は9月27日（月）で、とうとう9月いっぱいで都会の緊急事態宣言も段階的に解除されるような様子です。これで一挙にいろんなことがよくなるとは思いませんが、少しでも経済が回り始めるといいですね。

中締めからまだ一週間しか経っていない日記ですが、私はその後、体調が良くなったり、悪くなったり、良くなったりを繰り返しています。

緩和ケアというのは何というかすなわち対症療法なので、要するに薬で症状を抑えたり軽くしたりしていて、これがなかなか上手くいかずに、頓服薬が増えて、それの飲み合わせがちょっとおかしかったりすると、体調がでろでろになったりしてしまっていました。

今はその症状がやっと抜けてきて、ちょっと元気が出てきたところです。

あとは便秘気味になったり、激しく昼寝をしてしまったり、微熱が出たり、ひとつひとつを取ったらたいしたことない症状を重ねているだけなのですがね。これがまた明日のことが読めなくてメンタル削られるっていうか……。ぐずってすみません。でも大きい負の波からは逃れられた感じです。

明日また書けましたら、明日。

9月28日（火）

今日は何か変な日だった。

まず夢見が悪かった。明け方に牛しぐれ煮を食べて口臭がするという夢を見て、夫を起こしてしまい、あといろいろ変なことを夫に訴え（牛しぐれ煮は食べていない）（自覚はある）、そのあと今度は約束の時間に起きられなくなり（10時にレンタル医療用品会社との約束）、寝ぼけたまま対応。そしてそのあと、クリニックの先生がいらした頃にやっと目が覚めたと思っていたが、あとで夫に聞いたら、私はほとんどうつらうつらしていたとのこと。結局午後2時くらいにカップヌードルを食べたいと私が言い出し、やっと目をはっきり覚ましてカップヌードルをすりだしたという。

この文章も何が言いたいのか自分でもよく分からない。

何だか指先が痺れる感じがするのは肝臓がよくないらしいし、夫に「カップラーメンをそんなに食べるなんて」とイヤミを言われたけど、食べたかったの。どうしても食べたかったのカップラーメン。

あと頂きものの福岡のチョコレートが激烈に美味(おい)しかった。
そしてここ2、3日、夢見が変というかモーローとしている自覚は本当にあるのです。
痛い、つらい、気持ちが悪い、むくみなどはありません。
でも何だか自分が変になってきているという感覚はある。

海野(うみの)つなみさんの『Travel journal』を読んでいます。とても良い。小説でもあいうことが書けたらいいのにな。

9月29日(水)

唯川さんがまたお見舞いに来て下さった。人間関係というのは本当に不思議な化学反応を起こす。近くに住んだり遠くに離れて住んだり、どちらかの仕事がうまくいったりいかなかったり、どちらかが病気だったり、年齢がいったり、ちょっとしたことでふたりの間の雰囲気が変わったりする。

唯川さんとの距離が、以前より近づいた気がして私は今とても嬉しい。

今日は唯川さんが集めたブランドバッグを家にドロボーが入って盗んでいった話をふたりで思い出して笑ってしまった（笑ってごめんなさい）。私と一緒に行ったバリ島旅行で最後に買ったシャネルをそれだけ「これはニセモノですよ」、と笑うかのように置いてあったエピソードが忘れられない。

人間同士の関係は男女だけでも、女同士だけでも男同士だけでもない。恋愛だけじゃないし、親友だけでもない。ただずっと離れずに自転公転をゆるーくゆるーく繰り返すことができるのが豊かなことかもしれないと、私はふんわり幸福に思っていた。

この日の夜はすごく深くぐっすり眠れた。眠れたのだが、うまく起きられず、目覚ましを止めてベッドを降りたら、足に力が入らず、見事に尻(しり)もちをついてしまった。

10月4日（月）

昨日から今日にかけてたくさんの妙なことが起こり、それはどうも私の妙な思考のせいのようだ。これでこの日記の二次会もおしまいになる気がしている。とても眠くて、お医者さんや看護師さん、薬剤師さんが来て、その人たちが大きな声で私に話しかけてくれるのだけれど、それに応（こた）えるのが精一杯で、その向こう側にある王子の声がよく聞こえない。今日はここまでとさせてください。明日また書けましたら、明日。

２０２１年10月13日10時37分、山本文緒さんは自宅で永眠されました。通夜葬儀はコロナ禍のために限られた人数で近隣にて執り行われ、２０２２年４月22日、都内のホテルで偲ぶ会が開かれました。

P58

イラスト・にご蔵　軽井沢の家の新築時に友人のイラストレーターから寄贈された。仕事場の窓には愛猫さくらの姿が描かれている

P136

撮影・鈴木七絵（文藝春秋）　2021年７月８日、『ばにらさま』（文藝春秋刊）の打ち合わせ時に、２階の部屋で撮影された夫とのツーショット

P156

撮影・鈴木七絵（文藝春秋）　2021年７月８日、１階の仕事場で撮影された。南向きの窓の正面には愛猫さくらのために植えられたニシキギが

◉著作リスト

小　説

きらきら星をあげよう　（１９８８集英社コバルト文庫／１９９９集英社文庫）
野菜スープに愛をこめて　（１９８８集英社コバルト文庫／２００１集英社文庫）
まぶしくて見えない　（１９８８集英社コバルト文庫／２００１集英社文庫）
おまえがパラダイス　（１９８９集英社コバルト文庫）
ぼくのパジャマでおやすみ　（１９８９集英社コバルト文庫／１９９９集英社文庫）
黒板にハートのらくがき　（１９８９集英社コバルト文庫）
踊り場でハートのおしゃべり　（１９８９集英社コバルト文庫）
ドリームラッシュにつれてって　（１９９０集英社コバルト文庫）
校庭でハートのよりみち　（１９９０集英社コバルト文庫）
おひさまのブランケット　（１９９０集英社コバルト文庫／１９９９集英社文庫）
青空にハートのおねがい　（１９９０集英社コバルト文庫）
シェイクダンスを踊れ　（１９９１集英社コバルト文庫）
ラブリーをつかまえろ　（１９９１集英社コバルト文庫）
アイドルをねらえ！　（１９９１集英社コバルト文庫）
新まい先生は学園のアイドル　（１９９１ポプラ社文庫）

パイナップルの彼方　（1992宙出版／1995角川文庫）

ブルーもしくはブルー　（1992宙出版／1996角川文庫）

ブルーもしくはブルー　改版　（2021角川文庫）

きっと、君は泣く　（1993光文社カッパ・ノベルス）

（改題）きっと君は泣く　（1997角川文庫）

あなたには帰る家がある　（1994集英社／1998集英社文庫／2013角川文庫）

眠れるラプンツェル　（1995福武書店／1998幻冬舎文庫／2006角川文庫）

ブラック・ティー　（1995角川書店／1997角川文庫）

絶対泣かない
—あなたに向いてる15の職業　（1995大和書房）

（改題）絶対泣かない　（1998角川文庫）

群青の夜の羽毛布　（1995幻冬舎／1999幻冬舎文庫／2006文春文庫／2014角川文庫）

みんないってしまう　（1997角川書店／1999角川文庫）

シュガーレス・ラヴ　（1997集英社／2000集英社文庫／2019角川文庫）

紙婚式　（1998徳間書店／2001角川文庫）

恋愛中毒　（1998角川書店／2002角川文庫）

落花流水（1999集英社／2002集英社文庫／2015角川文庫）
チェリーブラッサム（2000角川文庫／2009角川つばさ文庫）コバルト文庫の『ラブリーをつかまえろ』を改題・加筆修正したもの
ココナッツ（2000角川文庫）コバルト文庫の『アイドルをねらえ！』を改題・加筆修正したもの
プラナリア（2000文藝春秋／2005文春文庫）
ファースト・プライオリティー（2002幻冬舎／2005角川文庫）
アカペラ（2008新潮社／2011新潮文庫）
カウントダウン（2010光文社／2016角川文庫）コバルト文庫の『シェイクダンスを踊れ』を改題・加筆修正したもの
なぎさ（2013角川書店／2016角川文庫）
自転しながら公転する（2020新潮社／2022新潮文庫）
ばにらさま（2021文藝春秋／2023文春文庫）

エッセイ・共著

かなえられない恋のために（1993大和書房／1997幻冬舎文庫／2009角川文庫）
そして私は一人になった（1997KKベストセラーズ／2000幻冬舎文庫／2008角川文庫）

結婚願望　（２０００三笠書房／２００３角川文庫）
日々是作文　（２００４文藝春秋／２００７文春文庫）
再婚生活　（２００７角川書店）
（改題）再婚生活―私のうつ闘病日記　（２００９角川文庫）
ひとり上手な結婚　（２０１０講談社／２０１４講談社文庫）伊藤理佐との共著
残されたつぶやき　（２０２２角川文庫）
無人島のふたり
―１２０日以上生きなくちゃ日記　（２０２２新潮社／２０２４新潮文庫）

◉年譜

・年齢はその年の満年齢なので、11月13日までは1歳下になります。
・本のタイトルは初出時のものとしました（いくつか改題されています）。

1962（昭和37）年　　11月13日　神奈川県横浜市磯子区で大湖家の第二子（長女）として生まれ、すぐに同南区永田山王台に移る。最寄り駅は京浜急行電鉄弘明寺（ぐみょうじ）駅。

1978（昭和53）年　16歳　横浜市立六つ川小学校、同南中学校を経て、神奈川県立清水ケ丘高等学校（現・神奈川県立横浜清陵高等学校）に入学。フォークソング部に所属する。

1981（昭和56）年　19歳　神奈川大学経済学部経済学科に入学。落語研究会に所属。高座名は「則巻家（のりまきや）あられ」。

1985（昭和60）年　22歳　財団法人 証券保管振替機構に新卒で就職。男女雇用機会均等法が公布、翌年施行。

1987（昭和62）年　25歳　初めて応募した小説「プレミアム・プールの日々」でコバルト・ノベル大賞佳作を受賞。

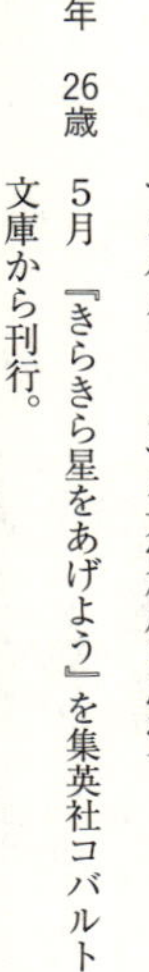

1988（昭和63）年　26歳　5月『きらきら星をあげよう』を集英社コバルト文庫から刊行。

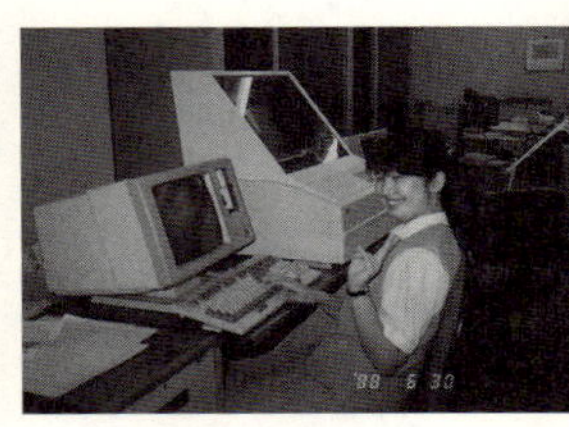

6月　同法人を退職。
8月　『野菜スープに愛をこめて』（同）
10月　結婚、初めて実家を出て川崎市高津区に移る。
11月　『まぶしくて見えない』（同）
12月　日経平均株価がバブル期の最高値をつける。

1989（平成元）年　27歳

2月　『おまえがパラダイス』（同前）
4月　『ぼくのパジャマでおやすみ』（同）
7月　『黒板にハートのらくがき』（同）
10月　『踊り場でハートのおしゃべり』（同）

1990（平成2）年　28歳

1月　『ドリームラッシュにつれてって』（同前）
4月　『校庭でハートのよりみち』（同）
7月　『おひさまのブランケット』（同）
10月　『青空にハートのおねがい』（同）

1991（平成3）年　29歳

1月　『シェイクダンスを踊れ』（同前）
4月　『ラブリーをつかまえろ』（同）
8月　『アイドルをねらえ！』（同）、『新まい先生は学園のアイドル』（ポプラ社文庫）

1992（平成4）年　30歳

1月　『パイナップルの彼方』（宙出版）、この作品から一般文芸に移行する。
9月　『ブルーもしくはブルー』（同前）

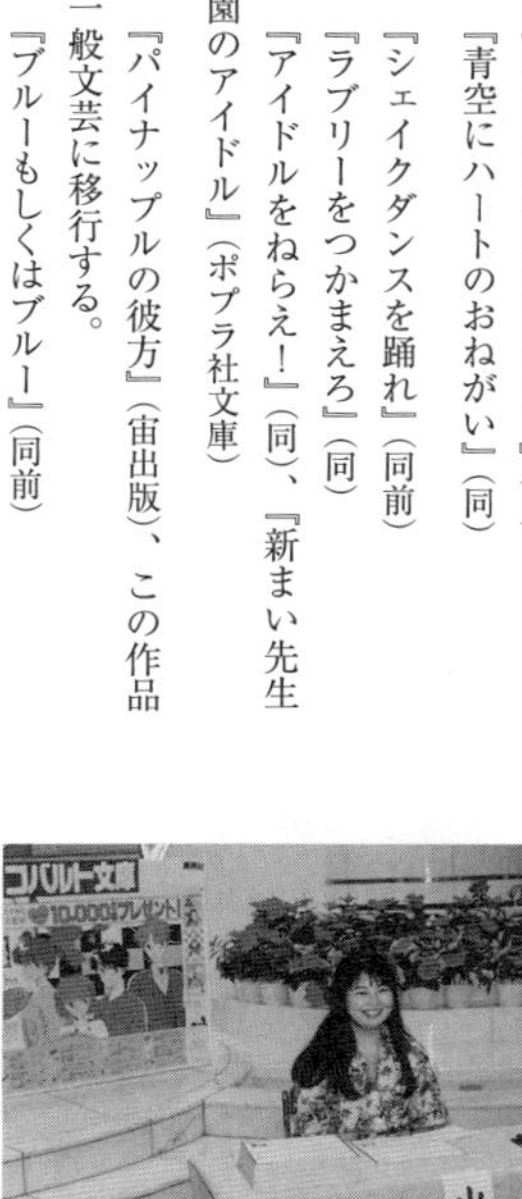

9月　ドラマ『パイナップルの彼方へ』がフジテレビ系列で放映（主演・富田靖子、原作・『パイナップルの彼方』）。

1993（平成5）年　31歳
7月　『きっと、君は泣く』（光文社）
12月　『かなえられない恋のために』（大和書房）

1994（平成6）年　32歳
6月に協議離婚。
8月　『あなたには帰る家がある』（集英社）
大手小説誌に短編を発表するようになる。

1995（平成7）年　33歳
2月　『眠れるラプンツェル』（福武書店）
3月　『ブラック・ティー』（角川書店）
5月　『絶対泣かない―あなたに向いてる15の職業』（大和書房）
11月　『群青の夜の羽毛布』（幻冬舎）

1997（平成9）年　35歳
1月　『みんないってしまう』（角川書店）
5月　『シュガーレス・ラヴ』（集英社）、『そして私は一人になった』（KKベストセラーズ）
この頃から心療内科に通いはじめる。

1998（平成10）年　36歳
10月　『紙婚式』（徳間書店）
11月　『恋愛中毒』（角川書店）

1999（平成11）年　37歳

3月　『恋愛中毒』で第20回吉川英治文学新人賞受賞。
5月　同作が第12回山本周五郎賞候補作となる。
10月　『落花流水』（集英社）
この頃からコバルト文庫が集英社文庫として復刊されるようになる。

2000（平成12）年　38歳

1月　ドラマ『恋愛中毒』（主演・薬師丸ひろ子）がテレビ朝日系列「木曜ドラマ」枠で放映。
4月　神田川の桜の下で、愛猫さくらと出会う。
5月　『結婚願望』（三笠書房）
『落花流水』が第13回山本周五郎賞候補作となる。
10月　『プラナリア』（文藝春秋）。西早稲田にマンションを購入する。

2001（平成13）年　39歳

1月　『プラナリア』で第124回直木賞受賞。同時受賞は重松清。
この頃から短編を原作とするコミックや長編の韓国語版、中国語版が刊行されるようになる。

2002（平成14）年　40歳

「女による女のためのR-18文学賞」（新潮社主催）の選考委員をつとめる（第1回は光野桃と、第2回～5回は角田光代と、第6回～10回は角田、唯川恵と）。

2003（平成15）年　41歳
3月　担当編集者と再婚、お互いの独身時代の新居があったので別居婚となる。
9月　『ファースト・プライオリティー』（幻冬舎）
10月　映画『群青の夜の羽毛布』（主演・本上まなみ）公開。

2004（平成16）年　42歳
3月　精神科に初めてひと月入院する（うつの詳細は『再婚生活』に詳しい）。
6月　ドラマ『ブルーもしくはブルー〜もう一人の私』（主演・稲森いずみ）が「NHK夜の連続ドラマ」枠で、12月、ドラマ『あなたには帰る家がある』（主演・斉藤由貴）がBSフジで放映される。
4月　『日々是作文』（文藝春秋）
この頃から入退院、転院を繰り返す。

2005（平成17）年　43歳
4月　胆石で胆嚢を摘出する。これをきっかけに酒と煙草をやめる。

2006（平成18）年　44歳
6月　河口湖のテニスコートでうつが治った感覚を得る。この頃、「再婚生活」の雑誌連載を再開し、再び小説を書き始める。
12月　軽井沢のマンションを仕事場として購入。

2007（平成19）年　45歳　5月『再婚生活』（角川書店）

2008（平成20）年　46歳　7月『アカペラ』（新潮社）

2009（平成21）年　47歳　野性時代フロンティア文学賞（角川書店ほか主催）の選考委員を池上永一とつとめる（第1回〜第5回）。

2010（平成22）年　48歳　1月　Twitterデビュー。
8月　漫画家・伊藤理佐との共著『ひとり上手な結婚』（講談社）

2011（平成23）年　49歳　2月　フェイスブックデビュー。
7月「女による女のためのR-18文学賞」の過去受賞者らと東日本大震災復興支援・チャリティ同人誌プロジェクトを立ち上げ、電子書籍『文芸あねもね』に「子供おばさん」を発表。
12月、軽井沢の一軒家（月輪荘）が完成する。

2012（平成24）年　50歳　3月　スマートフォンデビュー。

2013（平成25）年　51歳　10月『なぎさ』（角川書店）

2014（平成26）年　52歳　5月　ミクシィ日記を終える。

2015（平成27）年　53歳　2月『自転しながら公転する』の初代担当編集者が亡くなる。

2016（平成28）年　54歳

2月　取材を兼ねて、夫とベトナム・ホーチミンを旅行する。
都心のピアノ教室に通い始める。
8月　実父、81歳で亡くなる。

2017（平成29）年　55歳

3月　愛猫さくらを横浜の実家で看取る。

2018（平成30）年　56歳

4月　ドラマ『あなたには帰る家がある』（主演・中谷美紀）がTBS系「金曜ドラマ」枠で放映。

2019（令和元）年　57歳

6月　夫が早期退職する。

2020（令和2）年　58歳

4月　軽井沢で夫と初の同居生活。16日から新型コロナウイルス対策の緊急事態宣言が全国に拡大される。
9月　コロナ禍で延期された『自転しながら公転する』（新潮社）が刊行される。
12月18日　NHK「あさイチ」に生出演。

2021（令和3）年　58歳

1月　『自転しながら公転する』が本屋大賞にノミネートされる。
4月　検査で膵臓がんのステージ4が発覚、余命は4～6か月と宣告される。
5月　同作が第27回島清恋愛文学賞受賞。

6月　抗がん剤治療をやめ、自宅での緩和治療に専念する。
7月　東京2020オリンピック開会式が無観客で行われる。
8月　同作が第16回中央公論文芸賞を受賞。
9月　『ばにらさま』（文藝春秋）
10月13日　同病により軽井沢の自宅で死去。享年58。
11月　「小説新潮」（12月号）で山本文緒追悼特集。

2022（令和4）年

4月22日　帝国ホテル（光の間）で「山本文緒さんを偲ぶ会」を開く。
9月　『残されたつぶやき』（角川文庫）
10月　『無人島のふたり　120日以上生きなくちゃ日記』（新潮社）

2023（令和5）年

12月　ドラマ『自転しながら公転する』（主演・松本穂香・藤原季節）が全3回で読売テレビ・日本テレビ系列で放映される。

解説

角田光代

山本文緒さんが亡くなって三年がたつけれど、そのことを時間軸の中心に置くと、三年がたったとはどうしても思えない。私は未だに訃報を聞いた瞬間を、覚えているというより引きずっているし、この三年、ことあるごとに文緒さんのことを――文緒さんと、この『無人島のふたり』のことを考えている。そのくらい大きなできごとだったし、そのくらい衝撃的な読書体験だった。

本書は、「突然膵臓がんと診断され、そのとき既にステージは４ｂだった」とはじまる。

胃が痛かったけれど、テレビ出演が決まっていたので、その緊張のせいかと思ってやり過ごしていたら、どうにも我慢ができなくなり、病院にいく。それでも原因がわからず、病院をかえて検査入院をし、そして余命宣告を受けるのである。

ここで、私たち読者のだれもが、文緒さんとまったく同じことを思うはずである。どうして？　どうしてそんなことが起こるの？

続けて私は思った。なぜそれが文緒さんで、私ではないのか。私に起こったっておかしくないではないか。だって、文緒さんは酒も飲まないし煙草も吸わない。軽井沢に引っ越してからは人付き合いを無理してすることもなく、少なくとも、東京で忙しく暮らしていたときよりはストレスも少なかったはずだ。それより何より、人間ドックも毎年受けていたのである。私だけでなく、だれしもが思うのではないか。こんなに健康的に暮らし、健康診断も受けていた人がとつぜんステージ４ｂのがんになるのなら、私がなったってぜんぜんおかしくないじゃないか、と。

　これはだれにでも起こりうるできごとなんだと、読み手である私たちは気づく。気づいたとたん、文緒さんに起きたできごとが、つまり、ここに書かれていることが、他人ごとではなくて自分ごとに近くなる。文緒さんの一日一日が、私の日々のように思えてくる。

　こんなふうに感じることに、とうぜんながら私は罪悪感を覚えるし、傲慢さを感じる。いくら自分ごとのように感じたって、私は今のところ健康なわけだから。文緒さんの動揺や具体的な苦しみを、自分のこととして受け入れることはできないのだから。

けれども、罪悪感を感じたあとで私はふと気づくのだ。これが作家、山本文緒のすごさじゃないか。

私は山本文緒さんの小説を、二十歳のときから読んできた。文緒さんの小説の登場人物の多くは、いっけん平凡そうだが、かなり特殊な背景を持っている。たとえば『恋愛中毒』の美雨(みう)なんて、ぶっ飛びすぎていて共感も同調もできないが、しかし読んでいると、じわじわと美雨の気持ちになっている。美雨の気持ちがわかる、というよりも、美雨のなかに入ってしまう錯覚を抱く。そんなふうに、私は読んでいるあいだは『パイナップルの彼方(かなた)』の深文(みふみ)になり『なぎさ』の冬乃(ふゆの)になり『アカペラ』のタマコになり『自転しながら公転する』の都(みやこ)として生きた。山本文緒作品を読むというのは、私にとって、登場人物たちを、つかの間にせよ「生きる」ことだった。

この『無人島のふたり』を書くとご本人が決めたとき、それは「小説を書く」ことと同じだったのではないかと私は想像する。闘病記を書くというよりも、「余命宣告をされた私が一日一日を生きる」さまを読み手に届ける、という強い意志だったのではないか。だから、私はその日々を自分ごとに感じることに、罪悪感も傲慢さも覚えなくていいのだと、続けて気づかされる。作者がそのようにしてくれたのだから。

読むことがぜんぶ私の体験になる。お葬式のことやその後のことを話そうとして、泣き出す夫を私は見たし、通いの看護師さんたちとのおしゃべりをたのしんだ。本当は長生きするはずだったと思ったし、長生きできないのならもっとあんなことやこんなことをするのだったと考えた。飲みにいく夫を見送ったし、本を読んでもらったし、風呂に入れてもらってさっぱりした。カップラーメンが食べたいと強く思ったし、自分との別れをかなしむ友だちを気遣いもした。

こんなふうに、読みながら書き手の日々を生きたとしても、それでも、ひとつだけ、私には体験できないことがある。それは読み手を気遣うことだ。読み手の負担にならないように、苦しい気持ちにさせないように、ユーモアをちりばめ、軽妙さを失わず、自分がいなくなることを申し訳なく思い、そして「つらい話をここまで読んで下さり、ありがとうございました」と綴る。そんなことは私はできない。そしてそんなことをしている文緒さんに、他人のことなんてもういいじゃないか、もっと自分勝手になってください、自分のことだけに集中してくださいと、声をはりあげて伝えたくなる。

でも、作者はそうしない。最後の最後まで、読み手のことを考えている。文緒さんは、無人島のふたりのうちのひとりとして生きたけれど、同時に、多くの読み手とともにいる作家として生ききることを決めたのだと思う。おそらく、この日記を書こうと決めたいちばん最初から。

世のなかに闘病記はたくさんある。たいていの場合、余命を数えながら言葉を紡ぐ書き手に、読み手は寄り添う。がんばれと思う。生きろと思う。この『無人島のふたり』では、それが反転する。書き手が読み手に寄り添うのだ。がんばれと言う。生きろと言う。笑ってと言う。だいじょうぶだと言う。

本書が出版されてからの二年間、私は実際に文緒さんに、ずっとそう言われ続けた気がするし、この先もそうだろうとわかっている。深い悩みを、深いかなしみを背負ったとき、それから私がこの先、深刻な病を得たときも、文緒さんはずっと私に寄り添って、そう言い続ける。

最後に記された日の文章を、私は忘れることができない。このなんでもない言葉のなかに、私が今まで見送ってきた多くの人がいる。ああそうか、みんな、こんなふうだったんだ、こういう場所にいたんだ、とすとんと腑に落ちた。そして、その場所に向かって、私たちは歩いている。文緒さんは最後に見る景色まで、読者に見せようとしてくれているのだ。

文緒さんが死の直前まで文章を書いていて、それが本になるのだと、編集者から聞いたときは本当に驚いた。文緒さんはごく近しい人にしか病のことを言っていなかった。私も知らなかった。とうぜん訃報には言葉を失うくらい驚いたのだけれど、その日々を、出版するつもりで文章にしていたと知ったときは、またべつの意味で驚いた。衝撃に近かった。たぶん、多くの読者が私のように驚いたのではないだろうか。文緒さん、あなたそんなことをしていたの⁉

驚いたそのとき、私は、文緒さんが笑ったように感じた。「えへへ、びっくりしたでしょ」と、子どもみたいに笑った気がしたのだ。この本は、文緒さんが、ある強い覚悟に、ほんの少しの茶目っ気を込めて私たちに贈ってくれたサプライズプレゼントのように、だから感じる。泣かないで、かなしまないで。そんなふうに言ってくれているみたいに感じる。そんなの無理だけど、何年たったってかなしいし泣くけど、でも、文緒さんありがとう。私はずっとこの先も、この本と、文緒さんと、対話し続けることができる。

（二〇二四年七月、作家）

この作品は二〇二二年十月新潮社より刊行された。

新潮文庫最新刊

中山祐次郎著
救いたくない命
―俺たちは神じゃない2―
殺人犯、恩師。剣崎と松島は様々な患者を手術する。そんなある日、剣崎自身が病に倒れ――。凄腕外科医コンビの活躍を描く短編集。

山本文緒著
無人島のふたり
―120日以上生きなくちゃ日記―
膵臓がんで余命宣告を受けた私は、残された日々を書き残すことに決めた。58歳で逝去した著者が最期まで綴り続けたメッセージ。

貫井徳郎著
邯鄲の島遥かなり（上）
神生島にイチマツが帰ってきた。その美貌に魅せられた女たちは次々にイチマツと契り、子を生す。島に生きた一族を描く大河小説。

サリンジャー
金原瑞人訳
このサンドイッチ、マヨネーズ忘れてるハプワース16、1924年
鬼才サリンジャーが長い沈黙に入る前に発表し、単行本に収録しなかった最後の作品を含む、もうひとつの「ナイン・ストーリーズ」。

仁志耕一郎著
花と茨
―七代目市川團十郎―
破天荒にしか生きられなかった役者の粋、歌舞伎の心。天才肌の七代目は大名跡の重責を担って生きた。初めて描く感動の時代小説。

企画・デザイン
大貫卓也
マイブック
―2025年の記録―
これは日付と曜日が入っているだけの真っ白い本。著者は「あなた」。2025年の出来事を綴り、オリジナルの一冊を作りませんか？

無人島のふたり

120日以上生きなくちゃ日記

新潮文庫　や－66－3

令和六年十月一日発行
令和六年十月二十日二刷

著者　山本文緒

発行者　佐藤隆信

発行所　株式会社新潮社
郵便番号　一六二―八七一一
東京都新宿区矢来町七一
電話　編集部(〇三)三二六六―五四四〇
読者係(〇三)三二六六―五一一一
https://www.shinchosha.co.jp

価格はカバーに表示してあります。

印刷・錦明印刷株式会社　製本・錦明印刷株式会社

ISBN978-4-10-136064-5 C0195